光文社文庫

長編時代小説

赤い雨
吉原裏同心(33)
決定版

佐伯泰英

光文社

目次

新吉原廓内図

京 概略図

神護寺

常照寺

大徳寺

金閣寺（鹿苑寺）

龍安寺
仁和寺　等持院

大報恩寺

北野天満宮

大覚寺

妙心寺

千本通

広隆寺

所司代屋敷

天龍寺

二条城

嵐山

松尾大社

桂川

西芳寺（苔寺）

天神川

西大路通

島原

丹波口

西本願寺

桂の渡し

東寺

桂川

北　海　坂

神守幹次郎……

豊後岡藩の馬廻り役だったが、幼馴染で納戸頭の妻になった汀女とともに逐電の後、江戸へ。吉原会所の七代目頭取・四郎兵衛と出会い、剣の腕と人柄を見込まれ、「吉原裏同心」となる。薩摩示現流と眼志流居合の遣い手。

汀女……

幹次郎の妻女。豊後岡藩の納戸頭との理不尽な婚姻に苦しんでいたが、幹次郎と逐電、長い流浪の末、吉原へ流れ着く。遊女たちの手習いの師匠を務め、また浅草の料理茶屋「山口巴屋」の商いを任されている。

加門 麻……

元は薄墨太夫として吉原で人気絶頂の花魁だった。吉原炎上の際に幹次郎に助け出され、その後、幹次郎のことを思い続けている。幹次郎の妻・汀女とは姉妹のように親しく、先代伊勢亀半右衛門の遺言で落籍した後、幹次郎と汀女の「柘榴の家」に身を寄せる。

四郎兵衛……

吉原会所七代目頭取。吉原の奉行ともいうべき存在で、江戸幕府の許しを得た「御免色里」を司っている。幹次郎の剣の腕と人柄を見込んで「吉原裏同心」に抜擢した。

仙右衛門……

吉原会所の番方。四郎兵衛の右腕であり、幹次郎の信頼する友でもある。

玉藻……

仲之町の引手茶屋「山口巴屋」の女将。四郎兵衛の娘。料理人正三郎と夫婦になった。

村崎季光……

南町奉行所隠密廻り同心。吉原にある面番所に詰めている。

赤い雨──吉原裏同心（33）

第一章　修業始め

一

　神守幹次郎は、鴨川の西岸、高瀬川の船着場である一之船入の前にある旅籠「たかせがわ」から祇園社境内の一角にある神輿蔵の二階に移った。

　引き移る前に汀女に宛てて文を認めて早飛脚で江戸に向けて送り出した。むろん汀女への書状には吉原会所の七代目頭取四郎兵衛に宛てて近況を克明に綴った書状が同梱されていた。

　祇園感神院執行の彦田行良にまず挨拶に伺うと、

「おお、お出でなさったか」

と迎えてくれた。

「本日より一年ばかり、世話になります」

ほとんど身ひとつの幹次郎を見た彦田が、

「まずは神輿蔵に案内しまひょ」

と自ら幹次郎を導いていった。

「存じてはると思うがな、祇園社の御祭神は素戔嗚尊どす。由来は古のことや。

素戔嗚尊が南海に旅をしはった折り、一夜の宿を乞うことになりはったんや。

そのとき、蘇民将来というもんが粟を使うた食事を作り、手厚くもてなしはったそうな。その真心のこもった接待を喜びはった素戔嗚尊は、疫病流行の折り、『蘇民将来子孫也』と認めた護符を持つもんは災禍から免れると約束しはった

んや。そんなわけでな、『蘇民将来子孫也』の護符をもって祭礼に奉仕するのが祇園の習わしどす」

と説明しながら神輿蔵の前に幹次郎を連れてきた。

天井の高い神輿蔵は細長い建物で、すでに扉が開かれていた。

「真ん中の神輿が祇園感神院の主祭神の中御座素戔嗚尊様どす。両隣の神輿が東御座の櫛稲田姫命と西御座の八柱御子神でしてな、三基ともにお休みになら

はってます」

三基の神輿が静かに鎮座している様子を語った。

素戔嗚尊、櫛稲田姫命、八柱御子神は、それぞれ牛頭天王、頗梨采女、八王子ともされる。

幹次郎は何百年もの歳月に染められた三基の御神輿へ深々と拝礼して胸中で、

（この一年、蔵の片隅にて過ごさせてくだされ）

と願った。

「こちらがあんたはんの住まいや」

次に案内されたのは建物の西側で、階段があった。そこは道具などの置き場のように思われた。

「階段の上にな、祇園の祭礼の打ち合わせやらなんやらで、禰宜やら門前町の町衆の旦那が集う広間がございましてな、控えの間があんたはんの住まいです

わ」

と案内されたのは二階の奥、水屋が設けられた廊下の端の座敷で、八畳ほどの広さであった。文机があり、夜具が片隅に積んであった。

「ここが住まいやけど、足りぬもんはなんでもな、祇園社の勝手に言うとくれや

す」

「それがしには十分な住まいにございます。それにしてもそれがしに由緒ある祇園感神院の御神輿を護る役目が果たせましょうか」

幹次郎は江戸吉原の裏同心務めで穢れに染まったわが身が、祇園社の御役に立てるであろうかと改めて案じて彦田執行に念押しすると、

「立てます」

と彦田執行が即答した。

幹次郎が彦田を見ると、しばし間を置いて言い出した。

「そなたの姓の神守やけどな、西国に仰山いはりますか」

「神守の姓でございますか。それがしが知るかぎり神守姓はわが一家しかおらぬようでいました。一族というても、わが身内は代々下士の身分でございます」

「ありそうで聞いたことがおへん。神守と書いて、かもり、とか、かんもり、と読ませる土地はな、尾張や伊勢にあると聞いたことがおます。一方、あんたはんの神守の神は、かみ、と読ませてますな。あんたはんの先祖は、神様をお守りせよとの宿命を負うたんとちゃいますやろか。そやから、あんたはんもな」

と彦田執行は、幹次郎が祇園感神院に寄宿するのは古よりの縁あってのことだと言った。

幹次郎はしばし沈思した。これまでわが姓の由来を考えたこともなかったからだ。

「それが、わずか一年足らずにございますが、祇園社の祭神を護る役目を負うたのでございますか」

「祇園社の祭神を護ることとはこの門前町に住む人々の暮らしを護ることや。それがあんたはんのさだめや、務めどす」

彦田執行の言葉を聞いた幹次郎は、

「それがし、できるかぎり力を尽くします」

と潔く返事をし、

「それで宜しおす」

と彦田が応じた。

幹次郎は、彦田執行が立ち去ったあと、わずかな荷を整理した。そのあと祇園社の台所に顔出しし、その場にいた禰宜衆に、

「それがし、本日から神輿蔵の二階にお世話になる神守幹次郎と申す者にござる。右も左も分かりませんが宜しくお付き合いのほどお願い申し上げます」

京に住まいするのは初めてのことです。

と頭を下げて挨拶すると、

「彦田執行からあんたはんのことは聞いてます。うちは、彦田執行の下で祭礼から日々の暮らしまでを担当します一条治継といいます。神守様、こっちこそ、宜しゅう頼んます」

と言った一条が、

「朝餉は六つ半（午前七時）、昼餉は九つ（正午）、夕餉は六つ（午後六時）時分です。食べる、食べへんは神守様の都合次第でかましまへん」

と告げた。

神守幹次郎は清水寺へ向かい、庫裡を訪ねて羽毛田老師に引っ越しの挨拶ができるかどうか納所僧に尋ねた。

「神守様、老師から今日挨拶に来はるて聞いてますえ。老師はな、ただ今舞台にいはります」

「ならばそれがし、舞台を訪ねてようござろうか」

頷く納所僧に幹次郎は清水の舞台に向かった。すると独り羽毛田老師が洛中に向かって合掌し、読経をしている様子だった。

刻限は日盛りの九つ時分だ。

幹次郎は老師の読経が終わるのを静かに待った。　読経は幹次郎をそう長く待た

せることなく終わった。老師は後ろを振り返ると、

「神守様どしたか」

「読経の邪魔を致しまして申し訳ございません」

「なんのこともおへん。一日三遍の日課でな、年寄りの勝手どす」

「一日三遍と申されますと、なんぞ曰くがございますので」

「神守様、こっち来てな、洛中を見なはれ」

と老師が命じた。

幹次郎はそれに従い、舞台の階から洛中を眺め下ろした。　麻といっしょに眺

めて以来、二度目のことだった。

あの折り、桜の花が風に舞い、なんとも美しい光景は見飽きなかった。　だが、

今は若緑の葉桜に変わっていた。

「見事な景色にございます」

「神守様、よう見なはれ。　天明八年（一七八八）の大火の焼け跡が、新築された

禁裏（内裏）や町屋の間に残ってるやろ」

「えっ、　天明八年と申しますと、　四年前に京は大火に見舞われましたか」

幹次郎は京を見舞った災禍のことを忘れていた己の迂闊を悔いた。

「正月三十日にな、鴨川岸宮川町団栗辻子より出火してな、風に乗った焔が鴨川を越えて寺町四条下ルにある永養寺まで飛び移りましたんや。その折りな、禁裏をはじめ、二条城ほか三十七社二百一寺千四百二十四町が類焼する大火事になりましてな。火は三日間燃え続け、二月二日早朝にようよう鎮火しましたんや」

「京に参ったことに上気して、大火の跡に気づきませんでした」

幹次郎は言葉もなく京の町並みを眺めた。

「大きな火事どした。町衆が必死になって再建に努めはったさかい、一見表通りには火事の跡は見えまへん。けどな、東は二条新地、西は千本通、北は今宮の御旅所、南は七条通までおよそ町屋六万五千三百所帯が罹災しましたんや。禁裏も燃えたと言いましたやろ、老中松平定信はんが幕府から二十万両を調達して今から一年と少し前の寛政二年（一七九〇）十一月に再建が成りましたんや」

（そうだったか、　老中松平定信の財政緊縮策は謂れのないことではなかったのか）

江戸の吉原だけを見ている己の浅慮がなんとも情けなかった。

「愚僧はな、あの火事の光景は忘れしまへん。この京を焔が燃やし尽くしてる光景をこの舞台から眺めて、ただ読経するしかあらへんかった己が情けのうおした」

「老師が一日三遍読経なさるのは天明の大火で亡くなられた人々を供養するためでございますか」

「まあ、そういうことどす」

「朝の読経にそれがしもごいっしょさせてくださりませぬか」

「祇園社の神輿蔵に引っ越しされたようやな」

はい、と頷く幹次郎に、

「なんの差支えもあらへん」

と老師が応じた。

幹次郎は改めて洛中を見つめ、清々しい葉桜の下にある哀しみに心を痛めた。

清水寺の老師の部屋で読経を習い、昼下がりの八つ半（午後三時）時分に、祇園社の門前町といえる四条通と花見小路の交わる辻に大きな見世を構えた茶屋

一力に麻を訪ねた。麻は幹次郎より一日前に、旅籠のたかせがわから一力に住み込み奉公に入っていた。

幹次郎がたかせがわを出て祇園社の神輿蔵に引っ越した折りには、一力に挨拶に向かうことになっていた。

幹次郎は広壮な敷地の一力の勝手口に回り、訪いを告げた。

大きな台所だが、静かな佇まいだった。

「御免くだされ」

と願うと、

「どなたはん」

と女の声がして姿を見せたのは若い娘だった。

「お侍はん、ここは表とちゃいますえ」

「承知じゃ。それがし、客ではござらぬ。こちらに昨日より世話になっておる加門麻の義兄神守幹次郎と申す。こちら一力亭の旦那どのと女将様に挨拶に参った。多忙なればのちほど出直して参る」

「加門麻様の義兄はんどすか」

と娘が初めて知ったという顔つきで、

「待っとくれやす」

と姿を消した。すると直ぐに娘が戻ってきて、

「神守様、お待たせしました。表から入ってもらうようにとのことどす」

「最前も申したが、本日は引っ越しの挨拶にござる。それがし、勝手口のほうが慣れておるでな、こちらから上がらせてもらいたい」

と願った。

「そうどすか」

と言いながら、娘は刀を手にした幹次郎を一力茶屋の帳場へと案内していった。

「お邪魔致す」

と廊下に座した幹次郎が挨拶して帳場を見ると、一力の主の次郎右衛門と女将の水木、それに麻が呉服屋の番頭に季節の反物を見せられていた。

「おお、神守様、ええとこに来はった。麻様のな、着物を品さだめしてるとこどすわ」

と次郎右衛門が言い、水木が、

「神守様、遠慮せんと帳場に入っとくれやす」

と許しを与えた。

「どうやら祇園社の神輿蔵に引っ越しを済まされましたかな」

「引っ越しと申してもそれがしは身ひとつゆえ、容易いものにございます」

幹次郎と主の問答を麻が黙って聞いていた。

「いかがですかな、神輿蔵の住まいは」

「主どの、それがしには勿体なき座敷にございます」

「彦田執行はんはなんぞ言わはったかいな」

「それがし、これまで己の姓名に深い考えを致したことはござらなんだ。なにしろ西国の大名家の下士にござりましたでな、名はあってなきが如きの暮らしにござった。彦田執行様が申されるには、神守は神輿蔵の番人に相応しい姓である、それがしが京にて住まいするところは神輿蔵しかないと申されました」

「おお、うちらも神守様の姓に無頓着どした。彦田様は神守様と会わはったときから神輿蔵を住まいにと考えてはったんか」

「さてそこまでは。ともあれそれがし、祇園社の祭神素戔嗚尊、櫛稲田姫命、八柱御子神の神輿を護る決意を固めて、彦田様と別れたあと、清水寺に参り、羽毛田亮禅老師に報告してこちらに参りました」

と幹次郎は告げると帳場座敷をぐるりと見回し、麻に初めて視線をやった。麻、そなた、天明八年正月三十日に宮川町団栗辻子から出た火事のことを知るまいな」

と尋ねた。

「天明八年と申されますと四年前のことですか、それがなにか」

「洛中の多くが焼失するような大火事であったそうな。羽毛田老師からお聞きして、こちら一力亭に火が入らなかっただろうかと案じたところだ」

「神守様、うちらも信じられまへん。宮川町から出火したにも拘わらんと、うちは無事どした。洛中の大半を焼いた大火事どしてな、二昼夜燃えましたがな」

と女将の水木も言った。

「義兄上、私はなにも存じませんでした」

「こちらが焼失していたら、そなたが厄介になることなどできなかったであろう」

幹次郎と麻のやり取りを聞いていた次郎右衛門が、

「そうやな。茶屋が焼けてたら建て直しに莫大な借財を負うてましたやろ。江戸のお方とお付き合いなんて考えられまへんどしたわ」

と言ったとき、最前の娘が戻ってきて、

「旦那はん、過日、うちにお上がりになられました西国の大名家のあの用人はんが、今宵も客をもてなすさかい、座敷を空けておけと言うてはります」

と小声で告げた。

「これまで一銭もお金を払わんと、これで三度目どす。もはやお断わりするしかおへん」

「旦那はん、女将はん、怖い侍はんをふたり連れておいでどす」

「困りましたな」

次郎右衛門の視線が幹次郎に止まった。

「西国の大名家と申されましたが、京屋敷を構えておられる大名家ですか」

と行きがかり上、幹次郎が問うた。

「肥前国の大名はんどす。京でも大名方の用人はんがな、金も払わんと無理難題を言わはって、どこの茶屋や揚屋も難儀してます」

「次郎右衛門どの、それがしが応対してようございますか。むろんこちらと関わりなき祇園感神院の神輿蔵の番人として応対させてもらいます」

「神守様にさようなことをしてもろてええんやろか」

と腕前を見せてもらいましょうといった表情で次郎右衛門が言った。

「こちらに迷惑がかからぬよう大人しゅうお帰りを願います」

「うちもいっしょしますひょか」

「いえ、こちらの娘御に口を利いていただければ宜しいかと存じます。こちらへの未払いの金子はいくらにございますか」

「いくらやったかいな。そやけど神守様、それはええ。二度とうちに上がらんならえええことにします」

主の言葉に頷いた幹次郎は帳場格子の主夫婦に一礼すると娘に従った。

「大丈夫やろか」

水木が案じる言葉を漏らした。

茶屋商売にとって武家方も客のうちだ。だが、金子を払わずに遊ぼうなどというのは野暮の骨頂だ。

「旦那様、女将様、ご案じなさることはございません」

と麻がふたりに話しかけた。

この間、呉服屋の番頭は黙って問答を聞き、どのような結果になるかと、こちらは興味津々の顔だった。

表口の方角から西国訛りで喚く声が響き、相手が刀を抜いた気配のあと、

「うーっ」

とか

「ぐっ」

という呻き声が響いた。　続いて用人に話しかける平静な声が伝わってきて、幹次郎が戻ってきた。

「お帰りになりました」

幹次郎は出ていったときと同じく落ち着いた表情と声音であった。　幹次郎のあとに従ってきた娘が、

「旦那はん、女将はん、このお方、刀も抜かんとふたりをあっさりと」

「始末しはったんか」

「へ、へえ。うち、なにが起こったか分からしまへん。そやけど、ふたりの用心棒はんがどたりどたりと倒れはって」

次郎右衛門と水木が幹次郎の顔を見た。

「麻様、大丈夫どしたな」

と水木が漏らし、

「さよう申し上げました」
と応じる麻の声音も平静だった。

二

幹次郎は麻が一力茶屋で奉公の折りの時節の反物を選ぶのに付き合い、そのあと、主夫婦の許しを得て麻の暮らす座敷を見せてもらうことになった。

外観の紅殻の壁の一辺から見て、吉原の大見世（大籬）三浦屋の敷地の何倍もの広さがあった。

案内されて庭の見える廊下を通っていく間に麻が、

「幹どの、未だ一力の一部が分かっただけです。やはりお茶屋さんと申しても広さも座敷の普請も江戸とは違います」

と言った。

「江戸を出る前、四郎兵衛様が『江戸の町屋の建物と京の普請は別物です、江戸の普請は火事で燃えることを想定しての見かけ倒しの仮普請でございましてな』と申された言葉が島原の角屋や一力亭を見てようよう理解できた」

庭伝いの廊下を歩きながら幹次郎は答えていた。やはり千年の都は規模と風格が違うと思った。

「まあ、二、三日かけてまずは茶屋の内部を頭に叩き込むことだ」

「女将様もそう申されます」

と言った麻が連れていったのは小さな納戸部屋と床の間が付いた六畳間だった。

「よき住まいではないか」

「幹どのの神輿蔵の部屋はいかがでございますか」

「それがしには十分過ぎる贅沢な座敷であるな」

「それはなによりでございました」

そう言った麻が納戸部屋から風呂敷包みを出して、

「幹どのが当座暮らしていけるだけ、下着や普段着を購って揃えてございます。なにか足りないものがあれば麻が買っておきます」

「それがしとて吉原に世話になったあと、長屋暮らしから柘榴の家の住まいまで経験してきた者じゃぞ。独り暮らしができぬことはない。この包みを頂戴したら暇を致そう。次にこちらに参る折りは三日後の旦那衆の集いの日であろう」

幹次郎は麻の座敷に入ることなく廊下にて事を済ませ、辞去することにし、帳

場へと戻った。たしかに、建物の構造を頭に叩き込むだけで何日もかかりそうな広さだ。

帳場に戻った幹次郎は、

「次郎右衛門様、義妹に立派な座敷を与えていただき、恐縮しております」

と礼を述べた。

「うちらな、神守様と麻様の京滞在の一年が楽しみになりましたわ。あんたはんが吉原の頭取に信頼される謂れが分かりました。麻様の勤めを女房がなにより楽しみにしてましてな、さすがに吉原で全盛を極めた太夫はんは違てます。一を聞いて十を知る才を持ってはるのに、そんなことお顔に出さはりまへん。武家方の出と聞いてますけど、ええお方がうちに来てくれはった」

と次郎右衛門が言った。

「主どの、こちらにそれがしが役に立つことがあれば、なんでもお申しつけくだされ。それがしも麻も経験することで覚えることが数多ございましょう」

幹次郎の言葉に次郎右衛門が、

「家の商いは夕暮れからどす。神守様が商いの最中に顔を出していかはると、家は安心して商いに専念できます」

「ならば五つ半（午後九時）から四つ（午後十時）時分に勝手口から顔を出します」

「奉公人はな、もはや神守様のことをとくと承知してます。いつなりともお訪ねくだされ。かようなご時世やさかい、あれこれと揉めごとがおますでな」

「承知致しました」

と応じた幹次郎は茶屋の裏口から花見小路の一角に出た。

麻から衣類などの包みを受け取った幹次郎はいったん祇園社の神輿蔵に戻り、刻限を見計らって夜の祇園を見守ろうと考えた。

その道々、わずか四年余りで大火事から復興をなし遂げようとしている京の底力を改めて考えた。そして四郎兵衛が、

「京は本普請、江戸は仮普請」

と教えてくれた意味を考えていた。

（この京からなにを学べばよいのか）

幹次郎と麻が京に到着して十日ばかり、残された日にちはもはや十一月足らずしかないのだと肝に銘じた。

祇園社の神輿蔵の前に戻ってみると、若い禰宜が、

「神守様、食堂に案内しまっせ」

と待ち受けていた。

「それは恐縮です。この包みを部屋に置いて参ります。朝餉の折り、一度参りましたのでなんとか行けるかと存じますが」

と言い残し、神輿蔵の二階へと向かった。

座敷に戻った幹次郎はふと違和に気づかされた。

何者かが部屋に入ったような感じを持った。だが、祇園社の神輿蔵の二階座敷に入る者があろうかと、幹次郎は、己の考え過ぎではないかと思い直した。

座敷の行灯を用意していた火打石で点すと、文机の上に紙片が一枚残されていた。

曰く、

〈京に長居するを許さじ〉

とあった。

（われらは京にて歓迎されているばかりではない）

と幹次郎と麻の京修業を 快く思わぬ者がいるのだと肝に銘じた。

吉原はいつものように昼見世を終え、夜見世に備えて静かなひとときを過ごし

ていた。

嶋村澄乃は老犬の遠助を伴い、仲之町を水道尻に向かって歩いていた。すると通りで薄化粧の桜季とばったりと会った。

「あら、桜季さん、どうしたんですか」

「高尾花魁の使いで引手茶屋山口巴屋を訪ねるところよ。明日、汀女先生の手習い塾があるので座敷を借り受ける挨拶なの」

「それはご丁寧なことですね」

山口巴屋の玉藻には産月が迫っていた。とはいえ、吉原会所の七代目頭取は玉藻の父親であり、汀女の塾はこれまで幾たびも開かれていた。当然汀女から玉藻へと手習い塾のことは断わりがなされているだろうと思った。

遠助が桜季の足元で尻尾をゆっくりと振っていた。

「遠助、元気なようね」

桜季が懐紙に包んでいた焼魚の切り身を遠助に差し出した。桜季が局見世（切見世）に落とされていたとき、豆腐屋の山屋と遠助の存在が心の折れそうな桜季をなんとか支えてきたのだ。小さな魚のかけらを遠助に与えた桜季が、

「高尾花魁は玉藻様のお腹のやや子の具合が知りたいのだと思うわ、いつもやや

子のことを口にして気にしておられるもの」
と言った。

「ここんところ急にお腹が大きくなりましたものね。いつ生まれても不思議はな
いと思います」

「ということは未だやや子は生まれてないのね」

「私の知るかぎり、最前までは。生まれたら七代目がああ落ち着いていられない
と思いますけど。番方の話だと玉藻様のお産が気になるのか、頻繁に文を書いて
気を他に向けておられるそうよ」

「七代目にとって初孫だものね。ということは茶屋を訪ねても同じことかしら」

「塾のことならば私から玉藻様に伝えておきますよ」

「有難う」

と返事をした桜季に澄乃が、

「桜季さんの用事も済んだでしょ。遠助に会えたんですから」

「女裏同心ったらすべてお見通しね。もしかしたらどなた様かの跡継ぎになった
のかしら、澄乃さんは」

「あのお方ね、どこでどうしておられるのかしらね」

「澄乃さんも知らないの」

「この一件の真相を承知なのは七代目と桜季さんの主、三浦屋の四郎左衛門様の

おふたりだけではないかしら」

「えっ、うちの主様も承知なの」

「だって七代目と三浦屋の主様は肝胆相照らす間柄でしょ」

ふたりの女は廓での立場は違っても心を許し合った仲といってよい。両人を

結びつけたのは神守幹次郎だ。

「うちの楼でもだれもが神守様の放逐とやらをああでもないこうでもないとお

喋りし合っているわ。だけどだれも確たる証しのある話はしないわね」

「桜季さんが無言で朋輩衆や男衆の話を聞いている様子が目に浮かびます」

と澄乃が言った。

ふっふっふふ

と笑った桜季が、

「わたし、馬鹿げた真似をして喋るより、黙っているほうが物事の道理が分か

んじゃないかと気づいたの。とすれば、この一件を承知のお方がもうひとりおら

れるわ」

「汀女先生かしら」

「澄乃さん、間違いないわ。だけど汀女先生の口はだれよりもかたいもの」

桜季の言葉に頷いた澄乃が、

「どこでどうしておられるか知らないけれど、神守様には必ずや吉原に、この廓に戻ってきてほしい。いや、きっと戻ってこられるわ」

と言ったとき、ふたりと遠助は京町一丁目の角に差しかかっていた。

「わたし、澄乃さんと話してほっとしたわ」

「神守様にはなれないけれど、桜季さんの話し相手にはいつでもなれます」

こんどは桜季が頷き、ふたりは別れた。

遠助がよろよろとしながらも澄乃の前に出て、水道尻の火の番小屋を目指した。

すると火の番小屋の腰高障子が少し開いて新之助が顔を覗かせた。

「見廻りかね」

「まあ、そんなとこね。なにか変わった話はない」

「おりゃ、澄乃さんの手下になった覚えはないけどな」

腰高障子が大きく開けられると、新之助の腰に竹製の吹き矢の筒が差し込まれているのが見えた。最初に作った吹き矢とは違い、竹筒も長くなり威力を増し

た感じがした。

「私だって手下を持つ身分じゃないわ」

「神守様のことでなにか分かったことはないか」

「たった今までその一件を桜季さんと話していたけど、どこも埒もない話しかな

いようね」

「どこにいなさるか皆目見当もつかないか」

「つかないわね。この一件ばかりは神守幹次郎様次第だと思わない」

「今ではな、だけど、今度ばかりは吉原会所雇人の身のことだ。本人にもど

うにも動かしようがないな」

「この問答、いくら重ねても無駄かしら」

「無益だな」

「となると、別口はどう」

澄乃が話柄を転じた。

しばし新之助が黙り込み、

「佐渡の山師荒海屋金左衛門の話かね」

「他にあるの」

「火の番小屋のおれに声をかけるなんて無粋な野郎は他にいないな」

と言った新之助が、

「会所はおれに佐渡の船問屋の八代目荒海屋金左衛門から文が届いたのは承知していないか」

「あら、あの爺様、佐渡に戻っているの」

「何代も続いた船問屋を店仕舞いするために戻ったそうだ」

「本気で吉原に乗り込んでくるという話なの」

「あの爺様、大籬をすでに買い取ったというぜ。他の大籬とは一線を画して商いを続けてきた俵屋萬右衛門方だと文に書いてきた」

「俵屋ですって」

「地味だが格別な客筋を持つ俵屋だ。角町の中ほどで紅殻壁に籬なし張見世なしの不思議な商いをしていた老舗だよな。あの楼の沽券はすでに金左衛門の手にあるそうな」

澄乃は念押しした。

「新之助さんに宛てた文に書いてきたのね」

「そういうことだ。文の最後に、読んだら焼き捨てよと書かれていた」

「もはや文はないのね」

新之助の懐手（ふところで）が動き、文を出すと澄乃に差し出した。

「いいの、頂戴して」

「あいつはよ、おれのやることなんてすべてお見通しで、おれを使ってやがる。金左衛門の爺様はおれが澄乃さんに文を渡すことも承知の上だ。ならば渡す他はあるめえ」

澄乃が佐渡から届いたという文を受け取ったそのとき、かすかに潮（しお）の香を嗅（か）いだような気がした。

「おりゃさ、あいつの話をまともには受け止めてはいない。だがよ、こいつは長戦（いくさ）になると思わないか」

と新之助が言った。

そのとき、澄乃は戦の場に神守幹次郎がいるかいないかで、勝ち戦になるか負け戦になるか分かれるだろうと漠然と考えていた。

澄乃は予定を変えて仲之町を引き返し、角町の中ほどに十二間（けん）（約二十二メートル）口を構える老舗の大籬の佇まいの前に立った。

澄乃がこの吉原と関わりを持つようになってさほど長いわけではない。だが、

角町を一日に幾たびか通りながら目にしていた、紅殻壁に籬なしの特異な普請の俵屋萬右衛門方を見直した。

萬の一字を染め抜いた暖簾は掛かっていたが、中に人の気配はしなかった。

澄乃がどうしたものかと迷っていると暖簾の向こうから視線を感じて、

「なにか御用かな、女裏同心さん」

と声がかかった。

「そなた様は」

「番頭の角蔵ですよ」

「暖簾を潜ってようございますか」

「新規開店待ちですよ。客が来るわけではなし、入ってきなされ」

と角蔵が言った。

「お邪魔します」

と暖簾を潜ると、上がり框に悄然と角蔵が座り、煙管を吹かしていた。

「俵屋さんは老舗の大籬、商いをおやめになったのですか」

「そなた、七代目の頭取から何も聞かされていませんか」

澄乃は首を横に振った。むろんたった今、新之助から佐渡の山師荒海屋金左衛

門が廓内で大籬俵屋を買い取ったらしいと聞かされたばかりでそのことは承知していたが、知らぬふりをした。

「俵屋は店仕舞いをなされたので」

「致しました。もはやこの楼は別の御仁の持ち物です」

どなたが新規の楼主かとは澄乃は訊かなかった。その代わり、

「遊女衆はどうしておいでです」

「新しい楼主が見えるまで楼の奥座敷で修業のし直しをしておりますでな」

「どういうことでございますか」

「お分かりにならんか。新しい楼主はこのままでは官許吉原も傾くと考えておりましてな、京の花街から太夫を呼んで、とことん遊びのやり方を手直ししておられますのさ」

「お客様は直ぐに取られませんので」

「新規に開楼する折りには賑々しくされるそうで、それまではひとりの客も取ってはならぬということだそうです」

「驚きました。このこともうちの頭取はご存じですか」

「さあて、知りますまいな」

「番頭さん、さようなことを私に言うてよいのですか」

「女裏同心さん、分かってますのさ」

「分かってますって、なにがでございますのさ」

「新規開楼の折りは、この角蔵の居場所はありませんよ」

「と、申されますと、職を辞されますので」

「いえ、辞めさせられるということです。前の楼主から何十年も勤めた給金は支払われず、新しい楼主からは職を解かれます、と吉原会所の頭取に伝えてくれませんか。どこぞにこの角蔵の勤め場所はないかとね」

「分かりました。七代目と相談してみます」

と澄乃は気が淀んだ土間から暖簾を分けて表に出て、ほっと安堵の吐息を漏らした。

そのとき、どこからか殺気をはらんだ見つめる視線を感じた。

三

澄乃は遠助を連れていったん吉原会所に戻った。

気候のよい春の夜見世前だというのに客足はにぶい気がした。　素見連の姿もあ
まりなかった。

「よう、女裏同心、老いぼれ犬の供で夜見世前の見廻りか」

面番所で帰り仕度をした村崎季光が小者を伴い、大門を出ていこうとして、足
を止めた。

「遠助はどなた様かよりずっと賢く、情を心得ています。　老いぼれ犬などでは
ございません。　遠助に詫びてくださ」

「えらく機嫌が悪いな、なんぞ異変があったか」

「ございません。　村崎様、安心して八丁堀の役宅にお帰りください」

「おお、舟を待たせてあるでな。ただし、なんぞ異変があるようなればわしが残
り、会所の連中を指揮して対策を講じてもよいぞ」

村崎同心が澄乃に歩み寄ってきた。

「村崎様のお御足を止めさせるような異変はございません」

「ならば、わしを山谷堀の舟まで送っていかぬか、いささか相談もある。　小者相
手に同じ噂話を繰り返してもつまらんでな」

「どのような噂話を繰り返しておられます」

「それは決まっておるわ。そなたの同輩だった神守幹次郎のことよ」

「神守様について、なんぞ噂が飛んでおりましょうか」

「あやつ、もはや吉原に戻るべき場はないな」

「と、申されますと」

「そなたら、知らぬのか」

「なにも聞かされておりませぬ」

「やはりあやつ、旧藩に戻る肚を固めたようだぞ。あやつの旧藩の同輩に訊いたところ、どこかは知らぬが家臣のひとりが旅先でばったりと西国に向かう神守幹次郎に会ったそうな。まあ、吉原で曖昧な身分の半生を過ごすより、下士だった時分の家禄がいくらかでも増えるのであればそのほうがよかろう」

と村崎が言い切った。

澄乃はしばし間を置いて、

「汀女先生はどうなされますので」

「あやつが吉原を放逐された折り、汀女とも別れる決心をしたのであろう。時はもとへは戻らぬということよ」

と言い足した。

「どうだ、そなたが吉原会所で女裏同心を独りで務めるには無理があろう。わし
が長年の経験をすべて教えるで、ときにわしと付き合わぬか」

「村崎様、ただ今のお言葉の意はどのように解釈すれば宜しいので」

「女独りで吉原会所の荒仕事はできぬということよ。ゆえにわしが手を取り足を
取りなにごとも一から教え込もうというのだ、親切心よ」

「嶋村澄乃、未だ吉原会所の一員でございますれば、町奉行所の隠密廻り同心の
教えを受ける要はございませぬ。それより村崎様、あまり舟を待たせてもなりま
せぬ。小者のお方もイライラしておられる様子、八丁堀ではご新造様がお待ちで
ございますよ。これにて失礼致します」

「うーむ、五十間道もわれら面番所の監督差配するところである。つまり会所の
上役はこの村崎季光だ。そのわしが見廻りのコツを教えようではないか」

村崎が澄乃を執拗に誘った。

「あれ、あちらから神守らしきお方が」

「な、なに、か、神守幹次郎が戻ってきたじゃと」

大門の前から五十間道を振り返った村崎が、

「どこに神守がおるか」

ときょろきょろ見回した。

その間に澄乃がさっさと吉原会所に向かっていき、遠助も従った。

会所の腰高障子が開いた音に村崎同心が慌てて振り返ったが、そのときは澄乃

と遠助の姿は吉原会所に消えていた。

「ちぇっ、わしの親切心を無にしおって」

「旦那、妙な魂胆は見透かされていましょう」

小者が思わず漏らし、

「そのほう、わしの言葉に異を唱えるつもりか」

「旦那、帰りますぜ」

と小者にまで下心を見破られた村崎がしぶしぶ五十間道へと上がっていった。

会所では夜見世を前に番方の仙右衛門らが打ち合わせをしていた。

「澄乃、馬鹿同心に捉まってたか。あの旦那は全く他人の気持ちなど分かってね

え。都合のよいほうに決めつけられるお方よ。適当にあしらっておきなって」

と小頭の長吉が言った。

「とは思いますが、村崎様は村崎様で使い道があるのではございませんか」

「それもな、神守様がおられた折りの話よ。神守の旦那は村崎同心の扱いが上手だったからな」

「小頭、おられない方のことを持ち出しても、どうにもなりませんぜ。澄乃さんなりに村崎同心の扱いを心得ておられますよ」

若い衆の金次が言った。

「番方、ほんとうに神守様がどこにおられるのか、知らないんでございますか え」

と長吉が仙右衛門に質した。

「いくら問われても知らねえものは知らねえと答えるしかねえ。それより神守様のいない会所をわっしらで守っていく。全員でよ、これまで以上に気遣いしながら御用を務めるしか手はあるまい」

と仙右衛門が応じたとき、夜見世の始まりを告げる清掻の調べが会所に伝わってきた。

「よし、大門の立ち番と見廻り組は配置につきねえ」

仙右衛門の言葉で一斉に会所の面々が出ていった。残ったのは番方と澄乃だけだった。

「村崎同心からなんぞ話を聞き出したかえ」

「村崎様の話は、幾たびも聞かされた風聞の域を出ないかと思います。村崎同心が神守様の旧藩の方から聞かされた話だそうです。なんでも旅先で岡藩の家臣が神守様と会ったとか。このことを知らされた村崎様は神守様が放逐を機に旧藩に戻る気になっておられると考えられたようです」

しばし間を置いて沈思した仙右衛門が、

「それはあるまいな」

と淡々と言った。

そのとき、澄乃は番方が幹次郎の行方を承知しているのではないかと思った。

それは汀女が以前にも増して四郎兵衛に会って話す機会が多いのを考えてのことでもあった。番方のただ今の短い返答は、落ち着いた汀女の挙動に似通っていると思った。だが、口にすることはなかった。その代わり、

「番方、頭取にお会いすることができましょうか」

「奥座敷にいなさる。訪ねてみねえ」

「番方も話を聞いてくれませんか」

「なに、おれもか。よし、七代目に断わってこよう」

と仙右衛門が奥に向かったが直ぐに引き返してきて、澄乃に目顔で許しを得た

と伝えた。

四郎兵衛は文を認めていた様子だったが、その文を文箱に入れて両人に向き直

った。

「頭取も番方もすべて承知の話かとは存じます。火の番小屋の新之助さんから教

えられて俵屋に立ち寄ってみました」

「ほう、だれぞと話ができましたか」

四郎兵衛が関心を示した。

「番頭の角蔵さんと話を致しました」

前置きした澄乃は新之助と角蔵から聞いた話を告げた。

「なんと俵屋さんの遊女衆に京の古手の太夫が芸を教え込んでおりますか」

四郎兵衛が表情を曇らせて言い、

「荒海屋金左衛門め、この吉原を乗っ取る心算ではありませんか」

と仙右衛門が応じた。

「佐渡の山師は本気のようですな。　俵屋の遊女衆は素人風の化粧と形で売ってき

ましたな、それを荒海屋金左衛門は京風の娼妓楼に模様替えする気ですかな」

と四郎兵衛が自問した。

「七代目、荒海屋は金子には困ってませんかね」

「なんとも答えられませんな。金には糸目はつけないと申されるお方が借財まみれ、の話を私ども幾たびも見聞してきましたな。反対に一見、地道なお方が幕府すら動かすほどの金子を蓄えておる事例もございました」

「荒海屋金左衛門はどちらでございましょうか」

仙右衛門の問いに、

「さあてどちらですかな。どちらにしても生き残った尾張知多者一族と大戦になるは必定」

と四郎兵衛が独白した。

澄乃には、

「尾張知多者一族」

がなんなのか見当もつかなかった。

「番方、廓の外で角蔵と話してみませんか。澄乃に話した以上のことが聞けるかどうか分かりませんが、無駄を承知で試してみようではありませんか」

と四郎兵衛が仙右衛門に命じ、

「承知致しました」

とふたりの間で事が決まった。

「七代目、番方、角蔵さんの呼び出し、私がやりましょうか」

「なんぞ知恵があるか」

「いえ、知恵はございませんが、女のほうが角蔵さんも承知しやすいかと存じま
して」

「殺気」

と応じた澄乃は俵屋を出るときに感じた、

のことを告げるかどうか迷った。その代わり、角蔵が向後の働き口を案じてい
ることを告げた。

「それはなんとでもなりましょう。この呼び出し、澄乃に任せましょうか」

と四郎兵衛が許しを与えると、澄乃が、

「角蔵さんをどちらに何刻に呼び出しますか」

「俵屋菩提寺の墓前、今宵四つ」

と四郎兵衛が短く答えた。

吉原の夜見世は六つに始まり、四つに店仕舞いが公儀から許された商いの決ま

りだ。だが、わずか二刻（四時間）では商いにならない。ゆえに吉原には、引け四つなる刻限が存在する。実際の四つとは別に、およそ一刻（二時間）後の九つ（午前零時）前に吉原に打たれる拍子木を引け四つと称して、この刻限まで商いが大目に見られた。むろん公儀の然るべきところには時節時節にそれなりの金子が届けられてのことだった。

ゆえに世間で言う四つは、吉原には宵の口、つまりは、

「今宵」

なのだ。

「承知致しました」

と澄乃が立ち上がりながら、俵屋の菩提寺とはどこだろうかと思った。四郎兵衛が用心深くなっていることは分かった。

「澄乃、こたびの一件、なんとも臭い。身にはくれぐれも気をつけなされ」

と四郎兵衛が注意した。

「相分かりましてございます」

澄乃が出ていき、その場に四郎兵衛と仙右衛門が残された。

「角蔵から新しい話が聞けるとはかぎらない。じゃがな、こたびのこと、なんと

しても神守様が吉原に戻ってくるまで持ちこたえねばならぬ」

「へえ」

と緊張の顔で仙右衛門が応じた。

会所の中で幹次郎の放逐の意味を承知なのはこのふたりだけだった。

「角蔵の話次第では俵屋萬右衛門の行方を捜すことになろう」

「わっしが務めます」

「いや、番方に廓を抜けられると手薄になり過ぎる。この俵屋捜し、身代わりの左吉（さきち）さんに願おうかと思うています。荒海屋金左衛門の身許（みもと）のこともいっしょにな」

と四郎兵衛が言った。

仙右衛門が立ち上がりかけ、

「七代目、神守様は必ず会所に戻って参られますな」

「番方、私の言葉が信じられませんかな」

「いえ、わっしらが会所を支える歳月の長さをしかと知りたかっただけでございますよ」

「来年のいま時分には必ずや」

「一年ですな」

と己に言い聞かせるように応じた仙右衛門が奥座敷を辞した。すると角町の俵

屋に角蔵を訪ねていた澄乃が戻ってきて、

「番方、承知されました」

と告げた。

「よし」

と答えた仙右衛門が、

「角蔵はどうしていたえ」

「新しい勤め口は七代目が請け合われたと告げると、ほっとした顔を見せられま

した」

澄乃の返事を受けた仙右衛門が、

「おれも仲之町の夜風に当たってこよう」

と言い残して会所を出ていった。

会所に残ったのは澄乃と遠助だけだ。

「遠助、ちょっと頭取に報告してくるからね」

と言い残した澄乃がふたたび奥座敷に向かおうとした。するとそこへ汀女が姿

を見せた。

「汀女先生、この刻限にどうなされました」

「なんとのう、玉藻様が気にかかってね」

「やや子が生まれると申されますか」

「そのような気がしたのです。どうやらなにごともないようですね、ならば私は並木町に引き返しましょう」

というところに当の玉藻が現われた。

「やはり汀女先生でしたか」

「加減はどうですか」

「なんとなくこれまでとは違う感じです」

不安な顔で玉藻がいま「姉様」と慕う汀女に言った。

「澄乃さん、大門前の若い衆をひとり、柴田相庵先生のもとへ走らせなされ。その際、必ず空駕籠を連れていくように命じなされ」

と汀女が指図して、

「先生、今晩にも生まれますか」

「玉藻様、この私、子を生したことがございません。ゆえになんとも答えられま

せんが、未だいささか早いような気がします。柴田先生に診ていただければ、た

しかなことが分かりましょう」

と汀女が答え、

「奥へ戻りましょうか」

と汀女が妹分の玉藻の手を引いて奥座敷に向かおうとした。

「汀女先生、『俵屋の番頭さんは了解されました』、と頭取にお伝えくださいませ

んか」

澄乃が願い、

「忙しい夜になりそうね」

と遠助に話しかけた。

がらり

と腰高障子が開いて仙右衛門が飛び込んできた。

「なに、玉藻さんに赤子が生まれそうか」

「どうもそのような気配なんです。玉藻様には汀女先生がついておられます」

「それなら安心だ。だがよ、うちの舅で事が足りるかね。産婆を呼んだほうが

よくないか」

仙右衛門が柴田相庵を呼ぶことを案じた。　相庵は本道（内科）から怪我の治療まで手がけたが、お産は専門外だ。

「汀女先生はまず柴田先生の診断を仰いでそれから産婆さんを呼ぶ気でおられるのだと思います」

「そうか、そうだよな。　初産だからな、勝手が分からないよな」

と仙右衛門も得心したようで上がり框に腰を下ろしたが、

「澄乃、男かね、女かね」

「番方、私も子を生した経験がございません。　男の子か女の子かなんて分かりませんよ」

「玉藻さんの顔がなんとなく優しげに見えないか、そんなときはよ、娘だというぜ」

「番方、落ち着いてください。　お芳さんが子を産むのではありません」

仙右衛門とお芳の間にはすでに娘、ひなが生まれてすくすくと育っていた。

「そりゃ、分かっているさ。　ところでよ、爺様になる七代目はどうしていなさる」

「さあ」

と澄乃が答えたところに、吉原会所の前に駕籠が横づけされて柴田相庵が入っ
てきた。その顔には流産でなければよいと書いてあると、澄乃は見た。

「仙右衛門、産婦はどこか」

「舅、奥だ。こちらから通りねえ」

仙右衛門が診療道具の入った箱を提げて相庵を案内した。

四

幹次郎は祇園社の食堂で夕餉を摂ったあと、祇園の門前町の見廻りに出た。

天明の大火事のことを知ったせいで、幹次郎は丁寧に家並みを見て廻った。

財力のある寺社や大店は大火事のあと、いち早く復興に向けて動き始めたため

に昔通りの建物の再建が成っていた。だが、小路に入ってみるとまだ手をつけら

れずに明地になっているところや、多くの小店が仮普請の小屋を造り、品を作っ

たり売ったりしているのが見られた。

江戸は大火事に見舞われるのに慣れていた。京に比べて昔ながらの建物に拘

るのはごく一部の分限者や大店の豪商たちで、町人たちは九尺二間の棟割り長屋

など火事場を整地したとたん、数日で建て直して暮らしを始め、女たちはそんな長屋から職人の夫を仕事場に送り出すことに慣れていた。

千年の都の京は、歴史を大切にして復興に挑んでいるように思えた。禁裏も寺社も幕府の出先機関の二条城もそれなりの歳月をかけて昔通りに再建したと祇園社の禰宜たちから夕餉の折りに聞かされていた。

幹次郎と麻は、広大な敷地の中にある二条城も禁裏の建物もどのようになっているか、往来からしか見られなかったので、大火事に見舞われたことすら気づかなかった。

祇園の町並みを改めて眺めながら、幹次郎は自分が京に滞在することを快く思わぬ人物について推量していた。

旧藩の岡藩の面々が幹次郎の存在をそれほどまでに疎んじるであろうか。

(まさかそれはあるまい)

と思った。

一昨日、鴨川の河原で二度目の襲撃を受けた、いや、幹次郎が誘い出して一応の決着をつけていた。岡藩の家臣が雇った無頼の剣術家の襲撃だったが、幹次郎は余裕を見せていなしていた。

61

その現場に京都町奉行所の目付同心入江忠助や御用聞きが駆けつけたときには、幹次郎が居合抜きで斬った刺客ひとりの亡骸を残して他の面々と彼らの雇い主は逃げ去っていた。

岡藩の御目付清水谷正依が幹次郎の動きを気にするのは、神守幹次郎を藩に復帰させたくないからだろう。だが、三条大橋の出会い以来、幹次郎が岡藩に復帰することはないと悟って然るべきだと思った。となると、岡藩の清水谷らがあのような脅しの書付を幹次郎の住まいの祇園社神輿蔵に忍び込んで残していくとは思えなかった。

幹次郎が京に滞在することを嫌がる別の人物が存在するのであろうか。そんなことをつらつらと思いながら、祇園社の門前町をあてもなく歩き回った。すると天明の大火事の被害の跡がそのまま残されていることがあちらこちらに確かめられた。

幹次郎は、一力茶屋に向かって祇園の門前町の一角花見小路をぶらりぶらりと歩いていた。すると舞妓と芸妓らが客に呼ばれて茶屋に向かう姿とすれ違った。

幹次郎は祇園に来て舞妓と芸妓の違いを知った。

舞妓になると決めた娘は置屋（屋形）に住み込み、仕込みと呼ばれる月日を過

ごす。この短い間に着物を着ることに慣れ、京の花街特有の言葉遣いを覚える。

次に舞妓見習いになり、白塗りの化粧の仕方や芸事の基の舞踊、三味線などのお囃子方、茶道の基を習う。それに慣れたころ、店出しと呼ばれる舞妓になる日がくる。

姉芸妓と男衆に伴われて花街の茶屋などに挨拶に回るのだ。

舞妓になって座敷を数年経験し芸事全般が身についた折り、

「襟替え」

と呼ばれる芸妓に昇格する。

舞妓と芸妓、京の花街特有の華やかな象徴といえた。

京の花街には鉄漿溝も高い塀もなく、遊女たちが二万七百六十余坪の狭い土地に隔離されてはいなかった。

京の花街には、踊り、三味線、茶道、書道、歌作などを学ぶ演舞場や稽古場がいくつもあり、精進した芸を見せることで花街の商いが成り立っていた。

一方、吉原には何千人もの遊女衆がおり、

「身を売る商い」

の娼妓が中心であった。

加門麻が薄墨太夫として全盛を誇り、吉原の頂点に立っていたとき、先代の伊

勢亀半右衛門のような旦那衆の座敷に呼ばれて芸事を披露して、遊びの時を過ごすこともあった。だが、旦那衆と対等に付き合う高級遊女は限られており、仲之町にて花魁道中ができるような遊女となるとごくひと握りであった。

大半の遊女が身を売る娼妓であることで吉原の商いは成り立っていたのだ。むろん吉原の頂点を極めた薄墨や高尾ですら、客と床に入ることはあった。旦那衆がそんな花魁と床をともにするには、吉原の習わしにそって、それなりの日にちと莫大な金子を要した。

さりながら幹次郎は、京の花街が芸事だけの客の接待で成り立っているとは思えなかった。花街の裏側には身を売る娼妓もいると想像していた。だが、京に滞在して短い幹次郎にはそのことを知ることはできなかった。また、そのことを一力茶屋の次郎右衛門や女将の水木に尋ねることは憚られた。

（ゆるゆると京の花街のやり方を学ぶことだ）

江戸吉原の者が京の花街の実態を知るには時を要する。その裏表を知ったとき、吉原の将来が見えてくるはずだと幹次郎は考えていた。

花見小路から名も知らぬ小路に入ったとき、黒地の裾に模様が染められた着物の芸妓と艶やかなだらりの帯の舞妓のふたりが幹次郎のほうへと歩いてきた。

その足元を猫がのんびりと横切ろうとしていたが、不意に猫が立ち竦み、突然

横手の路地に逃げ込んでいった。

芸妓らの前に三人の武家方が不意に立ち塞がった。

「御免やす」

と姉さん株の芸妓が三人の侍に願い、傍らを通り抜けようとした。

「われらに付き合え」

西国訛りの無粋な若侍の声は酒に酔っていた。

「お客はんが茶屋でお待ちどす、通しとくれやす」

「ならぬ」

酔った侍が両手を広げて通せんぼした。他のふたりはにやにやと笑いながら見

ていた。

芸妓と舞妓は後ろに下がろうとして幹次郎に気づき、四人目の仲間と思ったか

新たな不安に見舞われた様子を見せた。

「こちらに参られよ。それがしはそのお方らの仲間ではない」

幹次郎の呼びかけに応じたふたりが幹次郎のほうへと下駄の音をさせて逃げて

きた。

「浪々の身でわれらの邪魔をなすか」

「おぬしら、酒に酔うておられる。夜風で頭を冷やされよ」

と幹次郎が注意した。

「許せぬ」

と最前から芸妓らに絡んでいた若侍が刀の柄に手を掛けて幹次郎の前に歩み寄ってきた。背丈は五尺六寸（約百七十センチ）余りか、剣術の鍛錬を積んだとみえてがっしりとした足腰をしていた。

「お手前方、京に屋敷を置く西国の大名家家臣とみた。京には幕府の所司代もあれば奉行所もござる。そなたらの醜態が知られたら、貴藩は厄介なことにならぬか」

「おのれ、何奴か。許さぬ」

と幹次郎は静かに諭した。

「おふたりさん、それがしから離れておられよ。さほど時はかかるまい」

酔いの勢いに任せてか、いきなり抜刀した。

背後の芸妓と舞妓に話しかけた。

幹次郎が腰から鞘ごと津田近江守助直を抜くと、

「愚弄しおるか」

と若侍が喚いた。

「井垣、そやつ、江戸からの流れ者と見た。手足の一本も斬り捨てよ」

上役か、年配の連れが井垣と呼んだ若侍に命じ、

「承知仕った」

と若侍は応じると身幅のある刀を上段に構えた。

小路の幅は五尺（約一・五メートル）ほどか、刀を振り回す余地はない。

幹次郎は鞘のままの助直の鐺を下段に軽く構えて、相手の動きを見た。

「なにをしておる。七之助、そのほう自慢の御家流はどうした」

仲間のもうひとりが若侍の井垣を嗾けた。

鞘の鐺を上げて、

「井垣七之助どの、遠慮のうお出でなされ」

との幹次郎の誘いに乗った井垣が、

「きえっ」

と気合い声を発して突っ込んできた。

なかなかの手練れの剣技の持ち主だった。だが、酒に酔い、冷静さもなくして

いた。

上段の刀が幹次郎の肩口に落ちる直前、幹次郎の鞘の鐺が井垣の喉元を迅速に突いた。

げえええっ

と絶叫した井垣七之助が後ろに吹っ飛んで、ふたりの仲間の前に背中から落ちて悶絶した。

しばし間を置いた幹次郎が助直を腰に戻しながら、

「おふた方、どうなさるな。次はそれがしも抜身でお相手致す」

と残った両人の出方を窺った。

「ゆ、許さぬ」

と言うひとりが刀を抜こうとすると、もうひとりが手で制した。

「ならば井垣七之助どのをお連れくだされ。手加減したゆえ、四、五日は声が出ますまいが大事はござらぬ」

「そのほう、京に逗留しておるか」

三人のうち年嵩の者が質した。

「そのつもりでござる」

「次に会う折りは覚悟しておれ」

「承った」
うけたまわ

幹次郎の平静な声音にふたりの仲間が井垣七之助の手から刀を取って鞘に納め、
おさ
ふたりがかりで路地の奥へと運んで姿を消した。

幹次郎が背後を振り向くと、芸妓と舞妓が小路の板壁に抱き合うようにして立
ち竦んでいた。

「茶屋の刻限に遅れぬか。それがしが花見小路まで従おう」
と幹次郎が言って歩き出すとふたりが従ってきた。

「おおきに、助かりましたえ」

姉さん株の芸妓はようやく気持ちが落ち着いたか礼を述べた。後ろを振り向い
た幹次郎の、

「あのような無粋な者が京にもおるか」
との問いに姉さん株の芸妓が、

「大火事のあと、礼儀知らずのお侍はんが増えました」
と答えた。

「さようか、天明の大火事の影響は未だあちらこちらに残っておるな」

三人は人の往来の多い花見小路に出ていた。

「もはやここなれば安心であろう。気をつけて参られよ」

「お武家はん、お名前を」

「名乗るほどのことをしておらぬ」

幹次郎はただ今歩いてきた小路へと戻っていった。

半刻（一時間）ほど祇園社の花街と思しき夜の町並みを歩き回った幹次郎は、灯りの点った一力茶屋の表を横目に見て、勝手口へと回った。

茶屋が最も賑わう刻限だった。

「お邪魔致す」

と戸を引いて敷居を跨いだ。すると広い土間に仕出し料理を届けに来たらしい白衣のお仕着せの若者が幹次郎を見て、訝しそうな顔をした。侍が勝手口から入ってくることなどないのであろう。

「吉助はん、そのお方はお帳場の知り合いどすえ」

幹次郎をすでに承知の女衆頭のお福が言った。

「以後、お見知りおき願いたい」

と幹次郎が吉助と呼ばれた若い衆に言った。

「へえ」

と吉助はどう言葉を返してよいか分からぬようで返事だけをした。その者が岡持ちで運んできた仕出し料理が女衆らの手によって座敷へと運ばれていった。

吉原も廓で料理を誂えることはない。台屋と呼ばれる仕出し屋が客の注文に応じて妓楼へと届ける。楼が供するのは酒だけだ。

この台屋の食い物は値が張るわりにはまずく、料理の品数も少ない。馴染の客は遊女の勧めで注文するが、箸をつけることはまれだった。そんな台屋の膳は残ることが多いので、女郎たちの三度三度の食事の菜になった。

京でも仕出し屋が茶屋へと注文に従い、届けるようだ。だが、幹次郎がちらりと見ただけでも、旬の素材を生かした仕立ての食い物ということが見てとれた。

そして、三人ぶんの膳の料理がそれぞれ異なった。つまりは客の注文に応えての料理だった。玉藻の亭主の正三郎は短いながら京修業をしていたが、食に対するこだわりが吉原のひとつの生き方になるかもしれぬと、幹次郎は漠然と思った。

（さすがに京かな）

と感心した幹次郎は、台所の片隅に刀を手に控えていた。

　茶屋の表から三味線の調べに乗って芸妓や舞妓が踊りを披露する気配が伝わってきた。

　幹次郎は、今は亡き先代の伊勢亀半右衛門が健在のころ、座敷に招かれて、吉原の大籬の宴の雰囲気を承知していた。だから、台所に響いてくる調べや笑い声が江戸とは違うことが分かった。ただしどう違うか、想像もつかなかった。

「おや、神守様」

　と声がして、女将の水木が台所に姿を見せ、幹次郎に気づいて声をかけてきた。

「こちらに控えております。お邪魔ではなかろうか」

　幹次郎の問いに微笑んだ水木が、

「邪魔どす」

　と応じて、

「帳場に通りやす。うちのが待ってますえ」

　と言った。そして、

「麻様が心配やおへんか」

「慣れぬゆえこちらに迷惑をかけておるのではござらぬか」

　と幹次郎が問い返した。

「どのようなとこでも、頂を極めたお方はちゃいますな。　麻様は、早うちの商い
を呑み込んではりますえ」

「わずか一日ばかり世話になったのみ、そのようなことがあろうか」

「いえ、うちの代理は十分に務まりますえ」

と言い切った水木が、

「うちが退屈してます。　帳場に通って、話し相手になっとくれやす」

と願った。

「刀を携えた者が夜の帳場に控えているのではこちらの評判を落としませぬか」

「うちでは帳場にお客はんが姿を見せはることはおへん。　さあ、案内します」

水木に幾たびも誘われて、幹次郎は帳場座敷に通った。

一力茶屋の帳場は、吉原の大籬の帳場より吉原会所の頭取の控える座敷に似て
いた。

「次郎右衛門様、神守幹次郎にございます、お邪魔ではございませぬか」

「そんなことありますかいな。　神守様にはお礼をせんとあきまへんな」

「それがし、主どのに礼を言われるべきことなど覚えがございません」

と言った幹次郎が帳場座敷に入り、腰を落ち着けた。

「祇園社の住まいはどうどすか」

「それがしには勿体なき座敷にございます」

幹次郎の口調に次郎右衛門がなにかを感じたか、

「なんぞおましたかな」

と質した。

幹次郎は祇園社の神輿蔵の住まいに残された警告文について語った。

「神守様の旧藩の者の仕業としちゃいますやろか」

「まず浮かんだのはそのことでした」

と前置きした幹次郎は、一昨日の夜、鴨川べりで襲われ相手を撃退した経緯を語った。

「なんとまあそんなことがおましたんか。町奉行所の入江忠助様が騒ぎを承知してはるんは、神守様にとって宜しいことどしたな」

「ゆえに旧藩の者がかような手出しをするとも思えません」

「別口どすか。ほんなら、この界隈に神守様を邪魔に思う御仁がおられるということや」

と次郎右衛門の口調には、どことなく思い当たる節があるように幹次郎には思

えた。

「主どのに思い当たる御仁がおられますか」

「なくもおへん。天明の大火は京の商いに大きな打撃を与えましたんや。建物は新しく建て替えたとしても、懐具合まではそう易々と替えられませんよってにな、あれこれと考えはるお方がいはります」

と次郎右衛門が応じたところに麻が、

「義兄上、お見えでしたか」

と姿を見せた。その背後に最前幹次郎が助けた芸妓と舞妓のふたりが緊張の顔で従っていた。

「おお、そなたらが呼ばれた茶屋はこちらであったか。約定の刻限に遅れはしなかったか」

幹次郎の言葉に芸妓と舞妓が畳廊下に座して、

「お礼の言葉もきちんと言わんと失礼しました、堪忍しておくれやす」

と頭を下げた。

「たしかに神守様の行くところには風雲が待ち受けておるようや」

と一力茶屋の主が言い、

「義兄上、おふたりは祇園の置屋鶴野屋の芸妓の白た恵はんと舞妓のおことはんどす」

と麻がふたりを紹介した。

幹次郎が麻を見て、どうやら一力茶屋に馴染んできたようだと安心した。

「神守様、うちはこれからもあれこれと神守様の世話になるようどすな、心強いことやわ」

と次郎右衛門が思わず漏らした。

第二章　借家暮らし

一

　江戸吉原、同日のことだ。

　京の出来事よりいささか早い刻限、柴田相庵が引手茶屋の正三郎と玉藻の住まいから引き上げ、吉原会所の頭取の座敷に戻ってきた。

「長い診察でございましたな。なんぞ玉藻のやや子に差し障りがありましたかな」

　四郎兵衛が相庵を迎え、真剣な表情で尋ねた。

「四郎兵衛さんや、そなたが爺様になるのはそうさな、半月ばかり先のことじゃな」

「なに、早産ではなかったか」

「わしもそれを案じたがどうやら落ち着いた。二、三日、休んでおれば玉藻さんも元気になろう。初産ゆえあれこれと考え過ぎたのであろう。孫の顔を見るのはしばらくお預けじゃ」

四郎兵衛の顔に安堵と残念という感情が交錯した。

「玉藻さんは若いうちから引手茶屋の女将として働いてきた。気の張り方も並みのことではあるまい。かようなときには休むのもよかろう」

「相庵先生、お騒がせ致しましたな。晩酌の最中に呼び出されたのではございませんかな」

「まあ、そんな具合だ。お芳がひなを産んだ折りにあれこれとあったことを思い出してな、玉藻さんと雑談をしてきた。これも医者の務めよ」

柴田相庵は、

「わしの代で柴田家は終わり」

と覚悟していた。

だが、相庵の右腕となって診療所を長年手伝ってきたお芳が養女になり、その上、同じ廓育ちの仙右衛門が幼馴染のお芳と所帯を持ったおかげで、相庵は若夫

婦を得たばかりか、孫のひなまで身内に加わり今や好々爺然とした爺様になって
いた。そのひなも二歳を迎えて可愛い盛りだ。

四郎兵衛がぽんぽんと手を叩くと、引手茶屋から玉藻の亭主の料理人正三郎が
調理した菜と酒が運ばれてきた。それを運んできたのはなんと正三郎自らと澄乃
だった。

「柴田先生、お世話をかけました」

と正三郎が詫びた。

「今も七代目に言うておったが医者の務めよ。正三郎さん、おまえさんが子を持
つにはまだまだ早かったというだけの話だ。病人ではないでな、気を楽にして待
ちなされ」

「一時早産かと案じましたが、柴田先生の診察を受けてほっとしました」

正三郎が律儀に礼を述べ、相庵が、

「なに、吉原会所で晩酌のし直しをしろというのか」

と笑みの顔で質した。

「相庵先生、偶に廓のざわめきを聞きながら酒を呑み直すのもようございましょ
う」

正三郎と澄乃が相庵と四郎兵衛の前に折敷膳を置いた。　膳の菜は春イカの造り
に葱の白和えだった。

「おお、美味そうじゃな」

「駕籠を待たせておりますでな、爺様になり損ねた四郎兵衛と先に孫を得た相庵
先生とで、酒を酌み交わしましょうかな」

吉原にはどのような身分の者でも駕籠で出入りすることはできなかった。　だが、
医者は格別で、そのことが許される特権を持っていた。

澄乃がまず温めに燗をした徳利を相庵に差し出した。

「頂戴しようか。　女裏同心さんの酌などまず受けられまいからな」

と相庵が相好を崩して杯を差し出した。

「不調法です」

「というわりには慣れた手つきだ」

「亡き父は独酌でした」

「なに、娘から酌を受けることなく身罷られたか。　残念であったな」

澄乃が四郎兵衛に酌をしたのを見届けた正三郎が、

「私は茶屋におりますでな、酒が足りなければ手を叩いて呼んでくだされ」

と隠し戸から引手茶屋へと帰っていった。それを見た澄乃も奥座敷から会所へ、

「ごゆっくり」

と言い残して引き下がった。

「仲之町のざわめきを肴に酒を呑むのも乙なものだな、久しくかような経験をしておらぬ」

「相手が爺様のなり損ないでは色気はございませんな」

「七代目、お互いこの齢じゃぞ、色気なんぞはもはや用なしじゃろう」

「いかにもさよう。色気より隠居の齢じゃでな」

「川向こうに隠居所をすでに用意しておるそうな」

「相庵先生、承知でしたか」

「診療所に来る年寄りなどは病より話がしたくて来ておるのだ。あれこれと耳に入る」

四郎兵衛と相庵がゆっくりと酒を酌み交わし、時がゆるゆると過ぎていく。

「七代目、そなたの跡継ぎのお方はどうしておられるな」

と相庵が四郎兵衛に訊いたのは、ふたりして杯を幾たびかやり取りしたあとのことだ。

「京に落ち着いたようでございましてな」

神守幹次郎は、四郎兵衛から跡継ぎの話を初めて持ち出されたとき、思案の末に番方の賛意を得られなければこの話はなかったことにしたいと仙右衛門に相談した。その際、相庵とお芳とが同席していたゆえ、七代目の英断を承知していた。

その後、幹次郎が謹慎させられたり吉原から放逐されたと噂が流れたりした背後には、なんらかの事情が隠されていると察してはいた。だが、京にいることは知らなかった。

「ほう、京におられるか」

「加門麻様もいっしょにな」

「ほう、薄墨太夫として全盛を極めた女衆もいっしょとな」

四郎兵衛は相庵と酒を酌み交わしながら、吉原の商いの現況に鑑みて吉原会所には世代替わりの要があり、それを打開するための人物は神守幹次郎しかいないことを告げた。さらに吉原の町名主の中に余所者の神守幹次郎が八代目に就くことに反対している者があることなどを言い添えた。

「七代目、神守様がこの跡継ぎについてな、番方の同意がなければ断わるつもりだと仙右衛門に相談した折り、わしとお芳は同席していたのだ」

「なんとのう察していました」

「われらの同席は神守様の意思でもあったのだ」

相庵の言葉にうんうんと四郎兵衛が頷いた。

「そんなわけでおよその経緯は承知であった。その後、神守様が謹慎の憂き目に あったり、放逐話が聞こえてきたりしたで、なにかあると思うてはいたが、そう か、七代目は神守様を八代目にすることを諦めてはおらぬか」

「相庵先生、ただ今の吉原を主導していく人物が神守幹次郎の他におりますか な」

と四郎兵衛が反問し、

「おらぬな」

と相庵は即答した。

「じゃが、神守様を八代目に就けるのに黙って同意する町名主ばかりではないこ とも推察がつく。ゆえに七代目は神守様を吉原から離して京にやることを企て たか」

「神守幹次郎様が八代目に就くことは容易くない。時を要することは最初から織 り込み済みでございました。謹慎話や放逐話を流したのは私どもですがな、京行

きの話は神守様からの申し出でございましてな」

四郎兵衛が「私ども」と言ったときに相庵は、この一件、三浦屋四郎左衛門が前もって承知のことで、四郎兵衛と四郎左衛門が最初から手を組んでのことかと理解した。ゆえに、

「ほう、神守様からな」

とこちらに関心を寄せた。

「神守様は私以上に吉原の先行きを案じております。その神守様が吉原の基になった京の遊里のただ今を見て修業したいと申し出られたのでございますよ。そのために神守幹次郎様だけではなく、吉原で遊女の頂を極めた加門麻様も京に同行し女子の眼差しで京の花街を見ると決まったのは、汀女先生を含めて話し合われた結果でございますよ。むろん巷には加門麻様は実家に戻ったと噂を流しておきました」

「ほう、考えられましたな」

「相庵先生、京修業がふたりにとってそう容易いことではないと私も承知しています。ですが、神守様と麻様ならば、向後百年の吉原の大計を学んで戻ってこられると信じておりますのじゃ」

「四郎兵衛さん、考えられましたな。かような企てはどうやらうちの婿どのはすべては承知しておらぬようじゃな」

婿どのとは吉原会所の番方仙右衛門だった。

「番方には神守様と麻様が京で修業していることは最近まで話しておりませんでした。神守幹次郎という人物が吉原会所の八代目頭取に就くまで、味方を騙し果すこともせざるを得ませんでな」

「七代目、吉原会所にはいろいろな持ち駒がいましょうでな。だが、頭取はひとりだ。仙右衛門は神守幹次郎様の腹心にはなり得ても長にはなれません。このことを仙右衛門がいちばんよう承知じゃからな」

と相庵が言い切り、

「一年は長いようで短い」

としみじみとした口調で言った。

「あの利口なふたりとて、一年は短うございましょうな。なにしろ京という千年の都には、江戸では考えられないしがらみやら仕来たりがございましょう。またそう容易く余所者を受け入れてくれますまい」

「七代目、案ずることはない。神守様と麻様のふたりならば、必ずや京に学んで

吉原に生かせる考えや企てを持って江戸に戻ってきますよ」

と相庵が請け合った。

「そうなることを願います」

四郎兵衛が徳利を手にして、

「おや、酒がなくなったわ」

と呟いたとき、隠し戸が開いた気配がして、正三郎が新たな徳利を運んできた。

「どうだ、玉藻さんは落ち着かれたか」

「相庵先生と話をしたことがよかったようで、ただ今は眠っております。その代わり茶屋のほうは汀女先生が面倒をみておられます」

「おや、いつ参られたな」

「並木町の料理茶屋のほうを少し早く切り上げて、駕籠で吉原に最前参られたのです。引手茶屋に顔を出されて玉藻の代わりを務めておられます」

「気がつかなかった」

正三郎が新たな徳利から相庵と舅に酒を注ぐと、空の徳利を手に茶屋へと引き上げていった。

「七代目、神守様の夫婦は吉原にとって得難い人材であったな、あのような夫婦は金の草鞋を履いても探し切れぬぞ」

「仰る通りです。残念ながら、うちの婿も相庵先生の婿も料理人や番方ならばそこそこじゃが、清濁併せ呑み、酸いも甘いも知っている者ではございませんでな」

「人それぞれに役割があるということよ、七代目」

と言った相庵が新たな酒をゆっくりと口に含んだ。そして、

「妙な噂を耳にした」

と話柄を変えた。

「なんでございましょうな」

「まさかと思うたで、仙右衛門にも質さなかった。元吉原以来の老舗の大籬俵屋萬右衛門方が身売りしたという噂でな」

「ほう、相庵先生の耳に早届きましたか。いずれは外に漏れると思うておりましたがな」

「この噂話、この界隈で聞いたのではないのでな。わしの古い仲間が品川宿の外れ、居木橋村で開業をしておってな、その先生のところに萬右衛門さんの孫が

風邪を引いたとかで、母親が診察に連れてきたそうだ。その母親が『かような在所に引っ越すなんて、まるで島流しです。私は吉原の老舗の楼に嫁入りしたのに、この憂き目』とくだくだと泣き言を言うていったと、文を寄越したのだ」

「ほう、目黒川沿いに引っ越していましたか」

「居木橋村の古い百姓家に借家住まいしているそうな。俵屋ともあろう大籬がなんで容易く楼を手放しましたかな」

「それですよ。妓楼の遊女、番頭をはじめとした奉公人一同にも吉原を離れる理由をひと言も説明することなく居なくなったのですよ。むろん私ども吉原会所に挨拶もございませんでした」

「なに、それではまるで夜逃げではないか」

「そういうことです」

「俵屋のあとはどうなったのだ。あそこは吉原でも雛も持たず、表口に暖簾で商いを続けてきた老舗であったな。主も倅も博奕をなすなどとも聞いたことはなく、地道な商いであったがな」

「それがね、私どもにも不思議なのでございますよ。相庵先生、同業のお方に迷惑はかけません、口添え願えませんか」

「会いに行かれるか」

「おそらく沽券はすでにだれぞ他人に売り渡しておるとみましたが、会所として
もあれだけの老舗の譲渡話です。直に話をして経緯を聞いてみとうございます
でな、明日にも出向きます」

「よかろう。居木橋村で古林正庵と言えばだれもが承知じゃ、わしの名を出せ
ば萬右衛門さんの借家くらい教えよう」

「相庵先生、俵屋は百姓家に仮住まいでしたか」

「文の感じではそのように受け取れたがな」

と相庵が応じたとき、

「お邪魔してようございますか」

と汀女の声がした。

「入りなされ」

四郎兵衛が声をかけると障子戸が開かれて白地の紬絣を着た汀女が廊下に座
していた。その襟に書状が覗いているのが見えた。京の幹次郎か、あるいは麻か
らの書状であろうと、四郎兵衛は推量した。

「いや、早産かと慌てまして相庵先生のお手を煩わせ、皆を騒がせてしまいま

した」

と汀女が言い訳をして、

「汀女先生、まずはお入りなされ」

と相庵が誘い、

「あと半月からひと月待てば四郎兵衛様は爺様になる。あとになってみれば今宵のこともよき思い出よ」

と言い足した。

「相庵先生は先に爺様になったで、さよう呑気なことを申される。当人もさりながら孫を待つ身の爺様もなかなか大変じゃぞ」

と言いながら、四郎兵衛が杯を汀女に持たせ、

「引手茶屋の面倒まで汀女先生にみてもらうことになりました」

と酒を注いだ。

「頂戴致します」

と汀女がゆったりと喉に運んだ。

「汀女先生、京から文が届いたようですな」

「はい」

「相庵先生には神守様と麻様が京で修業していることを話してございます。差し障りがないような話ですかな」

と四郎兵衛が汀女に言った。

「ならば、まず四郎兵衛様宛ての書状をお渡し致します」

と汀女が襟元から宛名も差出人も書かれていない書状を出して渡した。

「この文はのちほどゆっくりと読ませていただきます。汀女先生宛ての文にはなんぞ新しいことが認められておりましたか」

「幹どのからの文には、清水寺の老師と知り合ったことが認められておりました」

「神守様らしゅうございますな、早さようなお方と知り合われましたか」

「それに大事なことは、一力亭の前で麻が知り合いの三井越後屋の大番頭さんと出会って話ができたとか、ふたりして京暮らしがなんとのう目処がつきそうな雰囲気の文にございました」

汀女は幹次郎が認めてきた文の一部を告げた。

四郎兵衛が相庵には幹次郎と麻のふたりが京に滞在していることを話したと言ったが、どこまで話してよいか判断がつかないゆえ手短に留めた。

「最前相庵先生も言うておったが、神守幹次郎様も加門麻様も運をお持ちです。必ずやよき修業先を得られましょう」

と四郎兵衛が安堵した表情を見せた。

二

四郎兵衛はその夜、俵屋の菩提寺、金杉村（かなすぎむら）の寿永寺（じゅえいじ）を澄乃と金次の両人を従えて訪ねた。俵屋の番頭角蔵に話を聞かんとして、四つの刻限、この場所にと澄乃が段取りして伝えたのだ。

澄乃の申し出を角蔵は快諾（かいだく）したという。

旧主の俵屋萬右衛門に裏切られた以上、新しい楼主の荒海屋金左衛門が角蔵を老舗の大籬の番頭として雇い続ける保証はなかった。休業の間のみ遊女たちや使用人を束ねる番頭の役目を担わされ、新たな荒海屋体制になったときには、目腐れ金（めくされがね）で、いや、それすらも払われず追い出される、最悪の結末を覚悟していると角蔵は澄乃に話していた。

四郎兵衛は、角蔵に廓外で会って、俵屋が老舗を佐渡の山師の荒海屋金左衛門

に売り渡した経緯を聞きたかったのだ。

偶さか医師の柴田相庵から、俵屋が夜逃げ同然に引っ越した場所が品川宿外れの居木橋村と知らされていた。

——となればいよいよ俵屋と会う前にどうしても角蔵と話がしておきたかった。しかし玉藻の早産ではないかという騒ぎで、約定の、

「今宵四つ」

に俵屋の墓所を訪ねるのがいくらか遅れていた。

従ってきた金次と澄乃は寿永寺の山門を潜る前に四郎兵衛から離れて、闇の中から四郎兵衛の安全を見守っていた。

四郎兵衛は角蔵の人物を決して信頼していたわけではなかった。そこで金次と澄乃を伴い、山門を潜る前に、陰の警固を務めるように四郎兵衛の傍らから離れさせていた。

四郎兵衛は自ら提灯を提げて寺の敷地に入り、墓所へと足を向けた。

浄土宗正覚山寿永寺は京都知恩院の末寺で、俵屋の菩提寺と承知なのは吉原の住人でも少ない。四郎兵衛は俵屋の先代の弔いの折り、限られた参列者のひとりだったので、俵屋の墓所を承知していた。ゆえに澄乃に、

「俵屋菩提寺の墓前、今宵四つ」

と角蔵に示させたのだ。

いささか異な場所だが新たな職が四郎兵衛の口利きで保証されるとなれば、必

ず角蔵は姿を見せると踏んでいた。

提灯の灯りを頼りに俵屋の墓所の前に近づくと夜気の中に血の臭いが漂って

いることに四郎兵衛は気づかされた。

（しまった）

荒海屋金左衛門一味を甘くみたか、と墓所に近づいていくと苔むした墓石にの

しかかるように倒れている男の姿が目に留まった。

「角蔵さん」

と呼びながら四郎兵衛が近づいていくと、不意に殺気が漂った。

次の瞬間、夜気を裂いて澄乃が腰に巻いた麻縄を振るった気配がして、うっ、

と押し殺した悲鳴が漏れ、何者かが逃げ出す様子があった。

「追うことはない」

四郎兵衛が澄乃に命じ、角蔵と思える男の背から横顔へと灯りを近づけた。や

はり驚愕の表情を死に顔に張りつけた角蔵だった。

「先を越されましたな」

得意の得物（えもの）を手にした澄乃と金次が姿を見せた。

「この界隈の御用聞きは三ノ輪（みのわ）の定五郎（さだごろう）親分かな」

「へえ、わっしが知らせましょうか」

「頼もう、金次」

四郎兵衛の言葉に金次が寿永寺の墓所から闇に紛（まぎ）れるように姿を消した。

「お寺さんに知らせますか」

「起こすことになるが致し方ございませんな」

澄乃が寺の本堂に行きかけて、

「角蔵さんにしか分からぬように伝えたつもりですが」

と言い訳した。

「長年勤めた俵屋に裏切られた角蔵は、おそらく仲間の男衆らに不満を漏らした

か、私どもが知らぬ事情で荒海屋の一味に言動を注視されていたのでしょうな」

と四郎兵衛が言い、澄乃が頷くと寺の庫裡へと走っていった。

四郎兵衛は、不運を絵に描いたような奉公を勤めた俵屋の番頭角蔵の亡骸の傍

らで独り過ごした。ようやく寿永寺の泰厳（たいがん）和尚（おしょう）が姿を見せて、

「頭取、なにごとですな」

と尋ねた。

四郎兵衛が黙って提灯の灯りを角蔵の顔に向けて照らした。

「うむ、俵屋の番頭ではありませんか」

ふだんから死人を見慣れている和尚が格別慄いた風もなく言った。

「いかにも、吉原の老舗俵屋の番頭の角蔵さんですよ」

「どういうことですね」

「三ノ輪の定五郎親分を呼びにやらせています。その折りに詳しい話は致します

がな、俵屋はもはや廓に在りませんでな」

「なんと、元吉原以来の数少ない妓楼が廃業したと言われるか」

「いかにもさようですよ」

と四郎兵衛が応じたところに御用聞きの三ノ輪の定五郎と手下ふたりが姿を見

せた。

「七代目、なにごとですな」

「親分も俵屋が楼の沽券を売り払ったことを知りますまいな」

と質した。

「あの大籬が店仕舞いしたというのですかえ」

四郎兵衛は俵屋が吉原会所にも内緒で楼の沽券を売り渡した経緯と、佐渡の山師荒海屋金左衛門なる人物が新たな沽券の買い主らしいと説明し、その経緯を知りたくて今晩四つの刻限に角蔵とこの墓所で会う約定をしたことを説明した。

「うちがな、娘の玉藻の早産騒ぎで遅れてこの墓地に着いてみると角蔵さんがな、こんな風に倒れていなさった。だれが見ても死んでいるのははっきりとしていますでな、寺の和尚さんと親分に知らせたってわけだ」

「七代目、人と会うにしては異な刻限と場所じゃな」

「私がな、角蔵さんにこちらで会おうと願ったんですよ」

「なぜそんなことをしなさった」

「親分、角蔵さんは間違いなく殺されておりましょうな」

四郎兵衛は定五郎の問いには答えず、反問した。

うーむ、と応じた定五郎が手下に角蔵を調べろと顎を振り上げて命じた。手下が墓石を抱くようにうつぶせに倒れている角蔵の体を仰向けにした。すると胸部に両刃の刃物が深々と突き立ち、それが死の因と思えた。傷口から血が流れたとみえて臭いがした。

「どういうことだね、七代目」

「吉原の老舗であれ、沽券をだれぞに渡す場合は吉原会所に届けるのが先だ、そ
れと新たな買い手を言い添えるのが習わしですよ。ところがこたびの売買は吉原
会所に知らせもなく、俵屋は夜逃げのようにひっそりと吉原を出ていきなさった。
この番頭の角蔵さんも知らされなかったそうな」

「なんてこった」

と三ノ輪の定五郎が呟いた。

「内々にも極秘にして、得体の知れない荒海屋金左衛門に老舗の妓楼を譲らなけ
ればならなかった曰くを荒海屋一味に知られぬように聞き出そうと、かような場
所、かような刻限に角蔵さんを呼び出したのです。俵屋には荒海屋の一味らしき
者らが入り込んでいるそうです」

四郎兵衛は墓所に近づいた折りに殺気を感じたことを、そして、陰の警固に従
った会所の者が何者かを追い払ったことを説明した。

「荒海屋金左衛門ってだれですね」

「親分、佐渡の山師だそうだ。当人が水道尻の番太の新之助に自慢げに話したこ
とを信じると、金はいくらでも所持しているそうな。隠し金山を佐渡に所有して

いた先祖の財産があるなどと言っておるそうな」

「火の番小屋の番太に自慢話ですね。そりゃ、大ぼら吹きだね」

と三ノ輪の定五郎が即座に言い切った。

その断定に首を捻った四郎兵衛が、

「最前も言ったが、俵屋には荒海屋の息がかかった者たちが住み暮らしているようでね、それで私が用心のためにこの刻限、楼から離れたこの場所を指定したんですよ」

「荒海屋金左衛門って野郎は大ぼら吹きではないと言いなさるか、七代目」

と定五郎が念押しした。

「死ぬ前の最後の願いが隠し金山の金で江戸で商いをすることだというような大口を新之助に叩いたそうな。官許の廓吉原を勝手気ままにするつもりだと私どもは踏んでいます」

「俵屋だけではのうて官許の吉原を勝手気ままにね、大きく出ましたな」

と寿永寺の和尚が呆れ顔で言った。

「新之助に三百匁の金の延板を見せております」

「本気かね、偽の延板でしょうが、詐欺師だね」

「その辺りが今ひとつ判然としませんのでな、番太の新之助にわざわざ話す要も

ない、ということは新之助の口を通して吉原会所に知らせようと企んだか。そ

のことも、角蔵さんと話し合おうとしたってわけですよ」

「この段階でははっきりとしていることは俵屋の番頭の角蔵が殺されたってことだ

ね」

「そういうことです、親分さん」

「わっしの旦那と明朝いちばんで相談します」

「定五郎親分の旦那はどなたでしたかな」

「南町奉行所の桑平市松の旦那だ」

「おや、桑平様でしたか」

「吉原会所の裏同心と昵懇だと聞きましたがな」

「神守幹次郎様は吉原にはおりませんでな」

「謹慎とか放逐とか、凄腕のお方がどういうことですかな」

「はい、私どもも神守様の手がないのは不安でございましてな、かようなときこ

そ働いてもらいたいのですがな」

と吉原会所の七代目が他人事のような言い方をした。

翌朝のことだ。

四郎兵衛は浅草並木町の料理茶屋山口巴屋で桑平市松と会った。

「七代目、また吉原に厄介ごとが降りかかったようだな」

「はい、これまでの経緯は三ノ輪の定五郎親分から聞かれましたな。正直言って荒海屋の魂胆が分かりませんのです。私ども、俵屋とは元吉原以来の代々の付き合いでございます。俵屋の商いは吉原でもいささか変わったやり方でございました。遊女を座らせる大籬もなし、花魁道中もなし、馴染の上客だけで商いを続けてきた。つまりこの吉原で一見さんお断わりの妓楼商いです。手堅い商いを百年以上も続けてこられた俵屋の内蔵には、千両箱がいくつ積んであっても不思議ではない。それがなにゆえ得体の知れない佐渡の山師なんぞに沽券を売り渡して、うちにも告げずに夜逃げ同然に出ていったのか。その辺りにこたびの騒ぎの真相が隠されていましょうな」

と四郎兵衛が桑平に告げた。

桑平は四郎兵衛に、

「昨夜七代目は三ノ輪の定五郎に話をしたな。面倒だが、いま一度七代目の口か

ら直に話してもらえんか」

と桑平が願い、首背した四郎兵衛が事細かに話を告げた。

長い話を聞き取った桑平同心はしばし沈思した。

「桑平様、どう思われますな」

「さあて、俵屋がどのような罠に引っかかったか」

と応じた桑平が、

「七代目、吉原をただ今実質的に監督差配しているのは、それがしの前に座っている引手茶屋山口巴屋の主にして吉原会所の七代目の四郎兵衛と京町の大籬三浦屋四郎左衛門と思ったが違うか」

と念押しした。

四郎兵衛はしばし沈黙したあと、頷いた。

「それがしは隠密廻りではない。一介の定町廻り同心でござる。それでも四郎兵衛と四郎左衛門が強い絆で結ばれていることは分かる。なんでも吉原は尾張知多の出の者が代々主導していると聞いたことがある。四郎兵衛も三浦屋も知多者かな」

桑平の指摘に四郎兵衛がまた頷いた。

「こたび、夜逃げ同然にして廓を出た俵屋も知多者のひとりだったか」

「その通りでございますよ、桑平様」

と言った四郎兵衛が、

「元吉原からこの浅草田圃の新吉原に引き移った当初は、うちも三浦屋さんも京の島原以来の揚屋商いでございました。それを三浦屋さんは妓楼に、うち山口巴屋は引手茶屋に模様替えして、吉原で商いを続けてきました。俵屋さんも揚屋から妓楼に商い替えした知多者でした」

「四郎兵衛、知多者の絆と力は今も隠然として、この吉原を動かしておると考えてよいか」

桑平の問いに四郎兵衛はしばし間を置いて首肯した。

「桑平様ゆえ申し上げます。元吉原からの老舗は少なくなりました。ただ今では吉原の妓楼や引手茶屋の大半が新吉原に移ってから商いを始めた連中です。この連中は知多者の絆など知りますまい。知多者のうちと三浦屋さんは格別に絆を大切にしてきました。一方、俵屋さんは知多者でありながら、その結びつきを廃してまるで京の島原の揚屋と茶屋の機能をいっしょにしたような商いのやり方を代々踏襲してこられました。とはいえ、俵屋さんが、引手茶屋の私と妓楼三浦

屋の四郎左衛門さんが吉原を動かしておることに公にも陰にも異を唱えていたとは信じられません。俵屋さんが一見吉原会所の動きに無関心でおられるのは、ただ今の体制でよいかと考えてこられたからだと信じておりました。それが……」

「裏切られたと申すか」

「その言葉はいささか厳しいかと思いますがな、知多者ならば、少なくとも万が一の場合、私か三浦屋さんに内々でもよい、相談があって然るべきであったと思うております」

「であろうな」

と応じた桑平が、

「七代目はそれがしに俵屋の行方を捜せと言うか」

「いえ、俵屋の引っ越し先は分かっております」

桑平が四郎兵衛を凝視すると、四郎兵衛が頷いた。

「偶さか柴田相庵先生の朋輩が文で知らせてこられたのです。私は、尾張に戻られたと考えておりましたがな、なんと品川宿外れの居木橋村に暮らしておられるそうな」

「四郎兵衛、会うつもりかな」

「その心算でおります。あのお方がおられれば私より前に動いておられましょうが、頼みの綱は京においでになりますのでな」

と四郎兵衛が言った。

神守幹次郎が吉原会所を謹慎したとき、桑平に会所からは真相は告げられなかった。だが、柘榴の家を出る前に幹次郎は、桑平市松と身代わりの左吉には、およその事情を告げていた。むろん事前に四郎兵衛に了解を得てのことだ。

幹次郎がふたりに真相を告げたのは、吉原会所に万が一のことが降りかかった折り、四郎兵衛を陰から助けてくれないかとの思惑があって、心を許した友に願って京へと向かったのだ。

「落ち着かれたかな」

「最前の文では、一年ほどの期間、修業する場を祇園感神院の門前町、祇園界隈に決められたようです」

「それがし、京のことはさっぱり分からんが、神守どのと麻どのは、当初祇園で暮らす算段を考えておられたか」

はのうて、他の遊里を考えておられたか」

「桑平様、元吉原も今の吉原も京の島原を模して遊廓を設えましたのでございますよ。廓内の造りから商いが揚屋、茶屋をもって営まれること、さらには遊

里の行事、習わしまで島原を手本にしております」

「ほう、それがし、朴念仁の町方同心ゆえ、吉原は、元吉原を模したものとばかり思うていた。京の島原が新旧吉原の先達であったか」

「いかにもさようでございましてな、神守様は、すでに島原のただ今をご覧になったようで、『島原は吉原が範にするには足りず』と書いてこられました」

「それで祇園を修業の場に選ばれたか」

「私は神守幹次郎様の勘を信頼しております。ゆえに神守様と麻様が見習うべき花街を祇園と決められたのならば、正しい判断をなされたと思います」

四郎兵衛の言葉に頷いた桑平がしばし沈思し、

「尋ねてもよいか」

「なんなりと」

「神守幹次郎どのと加門麻どのの京滞在の日くは、神守どのが吉原会所の八代目に就くことを前提にしてのことと考えてよいのだな」

「神守様はそう話してはいませんでしたか」

「明確には聞いておらぬ。されどこたびの神守幹次郎どのの謹慎騒ぎ以来の経緯を見ておると、なんとのうそう察した」

四郎兵衛が頷き、

「神守様方の留守の間にこの四郎兵衛、五丁町の名主方を説得せねばなりませんがな」

「他に京行きの日くがあるか」

「桑平様ならばお察しなされておりましょう。今のまま官許の遊里の看板だけでは食えませぬ。松平定信様のご改革は吉原の商いを潰しかねませぬ。吉原もその轍を踏みかねませぬ。神守様は、向後百年の吉原を思案するために加門麻様とふたり、千年の都の京に向かわれたのです」

「それがし、四郎兵衛の言葉を聞いて神守どのに降りかかった災難に隠された意図をようやく知ることができた」

桑平市松がほっと安堵した顔を見せ、

「となると四郎兵衛、なにがなんでも吉原を神守幹次郎どのと麻どのの江戸帰着まで守らねばならぬな」

「ということです。桑平様、お手伝い願えますか」

「俵屋の番頭の角蔵が殺されたのは、金杉村の寿永寺の墓地だったな、寺とは申せ、この界隈はそれがしの縄張りでもある。角蔵の殺しの探索のためにもそれが

し、元の主、俵屋萬右衛門に会って角蔵殺しが老舗の大籬の廃業に関わりがある

かなしか調べるのは務めかと存ずる」

「舟を駒形ノ渡し場に待たせてございます。ごいっしょしましょうかな」

と四郎兵衛が桑平市松に応じた。

三

同じ日の未明のことだ。

幹次郎は祇園社神輿蔵の三基に拝礼すると、手にしていた五畿内摂津津田近江

守助直を両手で奉献するように捧げた。その助直を腰に落ち着かせると、加賀国

で出会った眼志流の居合術の基本のかたちをひとつずつ確かめるように、得心

のいくまでゆっくりと抜き、鞘に戻す動作を繰り返した。ときに緩急の間をつ

けつつ、ひたすら繰り返した。

どれほどの時が過ぎたか。

幹次郎は、稽古をやめると祇園社から清水寺に上がった。

羽毛田亮禅のお出ましを待ちながら坐禅を組んで瞑想した。

舞台の一角で老師の

「お待たせしましたかな」

と声がして老師が姿を見せた。

「いえ、大して待ったわけではございません」

幹次郎は答えると結跏趺坐を解いた。

老師の近くに身を移した幹次郎は、夜明けの洛中を見ながら老師の読経に導か

れるように真似て、天明の大火で身罷った人々の冥福を願い、京の町の復興を願

った。

読経が終わると、老師は本堂で勤行を務めるという。

「明朝、参ります」

老師に言い残した幹次郎は音羽の滝に下りた。

幹次郎は滝の流れに拝礼して、柄杓に水を汲み、手足を清めた。

「あら、お侍はんがいはる」

幹次郎が振り向くと、毎朝音羽の滝の水を汲みに来るのか、老婆と孫娘と思し

きふたりが驚きの様子で立っていた。それぞれ空の木の水桶を手にしていた。

「驚かせましたか。羽毛田老師に読経を習い、さてこのあと、どうしたものかと

思案していたところでした」

と詫びた。

「お侍はん、老師はんと知り合いどすか」

老婆が訝しげな顔で問い、

「知り合いと申しても浅い付き合いにござる。老師に京の諸々を教えていただいており申す」

と答えた幹次郎は、

「桶を貸しなされ、水を汲ませていただきましょう」

と孫娘から木桶を受け取った。

流れ落ちる音羽の水を木桶に受けていると、

「お侍はん、清水はんに世話になってはるんやろか」

と十四、五と思しき孫娘が婆様の提げていた木桶を受け取りながら自問するように尋ねた。

「それがしの仮住まい、清水寺ではござらぬ。祇園感神院の神輿蔵です。そなた方は毎朝、音羽の滝に水汲みに参られるか」

「産寧坂で茶店を開いてます。参拝のお客はんに供する茶の水はこちらから汲む習わしどす」

老婆が答えた。

「さようか、祇園社に戻るゆえお婆様の木桶はそれがしが茶店まで運んでいこう」

と幹次郎が言うと孫娘が、

「助かります」

と素直に幹次郎の申し出を受けた。

「音羽の滝の水汲みは清水さんの門前町の住人の習わしどすねん」

「京の水はなかなか美味しゅうござるでな。江戸の水とは全く違う」

「お侍はんは江戸のお方どすか」

「一年にかぎり京に住まいして、修業するために参ったところだ。京に着いてお

よそ十日になるかのう。未だ京の東も西も上ルも下ルもよう分からぬ」

「お侍はんがなんの修業をしはりますんや」

ゆったりと老婆の足の運びに合わせて歩む孫娘が尋ねた。

「いささか説明するのは厄介でな。祇園の商いを知りたいのだ」

「お侍はんが、祇園の商いをたった一年で修業どすか」

と老婆が呆れ顔で言った。

「お婆様、曰くがあってのう。かような仕儀になったのだ」

「曰くがのうては清水の老師はんと知り合いにならはったり、祇園社の神輿蔵に寝泊まりしはったりなんかできるわけおへん」

「全くじゃな。江戸におるとき、京の人は余所者をなかなか受け入れてはくれぬと聞いていたで、どうしたものかと思案しながら参った。じゃが、江戸での話は大げさであったようだ」

「お侍はん、江戸のお方のお話は当たってますえ」

「ほう、ならばなぜそれがし、老師や祇園社の彦田執行様のご親切を受けられるようになったのであろうか」

「どなたはんかの口利きとちゃいますん」

と老婆が関心を示したように訊いた。

「いや、江戸から老師宛ての口利き状を持参したわけではない。そうじゃ、この辺りであったかのう、それがしと連れが無頼の侍らに襲われたのだ。その様子を清水寺の老師が見ておられて、あと始末をつけていただいた。それが縁で老師と知り合いになったのだ」

と幹次郎が搔い摘んで説明すると、

「お婆、あの騒ぎのお侍はんや」

孫娘が驚きの声を漏らした。

「なに、そなたらは承知か」

「産寧坂の迫田了庵先生のとこへ刀で斬られた侍が運び込まれましたんや。そうや、あの折り、老師が付き添わはって手配してはったな、おやす、違たかいな」

「そやそや、あの騒ぎにこのお侍はんが関わってはったんやろか」

「致し方なく抜き合わざるを得なくてな、その一部始終を羽毛田老師が見ておられたのだ」

孫娘と老婆が改めて幹次郎を眺めた。

「死ぬほどの傷を与えたわけではない。お医師のもとへ運ばれたならばそろそろ怪我は快復していよう」

「お侍はん、怪我人とは知り合いやおへんのか」

「あの者らとは知り合いではない。その雇い主はなんとのう推測できる」

「お侍はん、どないして斬り合いになったんやろか」

と孫娘が言ったとき、産寧坂の茶店の前に三人は着いていた。

「お侍はん、おおきに。ここがうちの茶店どす」

と孫娘が言い、

「ならば水を入れた木桶はこちらに置いておこう」

と幹次郎が木桶を店先に置いた。

「おやす、お侍はんに手を煩わせたんか、お婆がどうかしたん」

おやすの母親と思える女が訝しげに質した。

「親切なお侍はんがな、水を汲んでな、お婆の木桶をうちまで運んでくれはった
んや。お母はん、大変やがな。このお侍はん、清水寺の老師はんの知り合いやて。
ほれ、寺下で斬り合いがあったやろ、あんときの相手のお侍はんや」

「えっ、老師はんの知り合いが斬られはったんか」

「ちゃうがな、斬り合いを老師はんが見てはってな、このお侍はんに迷惑がかか
らんよう、始末つけはったんやて」

母親が幹次郎をしげしげと見て、なんとなく得心したようだった。

「お侍はん、世話かけましたな。あんたはんが運んできた音羽の水で茶を点てま
す、飲んでいっとくれやす」

「お母はんも言うてます。うちの桜餅も美味しおすえ」

とおやすも幹次郎を招き、最後には、

「お幸、江戸のお侍はんにな、京の者は親切やて、教えてやらなあかん」

と老婆の言葉に尻押しされた幹次郎は、産寧坂の茶店の庭の縁台に座ることになった。そこで幹次郎はまた斬り合いの経緯を母親のお幸に話すことになった。

むろん旧藩の関わりは告げずにだ。

「お侍はんの住まいは祇園社の神輿蔵やて」

「神輿蔵に住まいやて、京の者かてできへんことやがな」

とお幸が言い、

「あんたはんのお連れは女衆やてな」

「お母はん、連れってお侍はんやないの」

「おやす、ちがうちがう。お侍はんのお連れはきれいな女子はんやて」

母親のお幸は娘より騒ぎを承知していた。

「お侍はん、ほんまの話どすか」

幹次郎はしばし間を置いて首肯した。

「お侍はんのおかみさんどすか」

こんどは娘のおやすに母親の好奇心が乗り移ったようで質した。

「おやすさん、それがし、神守幹次郎と申す。それがしの連れは女房ではない、義妹でな」

「義妹やて、おかみはんはどないしはったんや」

「江戸に残っておる」

と幹次郎が答えたとき、茶菓が運ばれてきた。お婆にも茶が供された。ただし売り物の桜餅がついているのは幹次郎だけだ。

「われらがなぜ京に来たのか、説明すると長くなる。いささか複雑な事情がござってな」

と言い訳した。

「お侍、神守はんやったな。おかみはんの妹と京に道行どしたか、それで斬り合いになったんやろか」

とおやすが想像を逞しくして訊いた。

「おやすさん、義妹の麻が今どこにおるかそれがしが答えたら、いくらか得心するかもしれぬな。麻は祇園の一力亭にて見習奉公を始めたばかりだ」

「えっ、江戸の女子はんが祇園の一力はんで奉公どすか」

「われら、江戸の吉原というところと関わりがある者なのだ。江戸では、公儀の

『贅沢はならじ、節約に努めよ』というお触れに、客足が遠のいておるのだ」

「京といっしょや」

おやすの言葉に頷いた幹次郎は説明を続けた。

「吉原の向後百年のことを見据えてな、それがしと麻が京に参り、京の商いを少しでも参考にしようと考えたのだ。斬り合いはな、修業とは関わりはない。まあ、いきがかりだな」

「きっと斬られたお侍は神守はんの連れの女子に目をつけはったんや、ちゃうやろか」

とおやすが妄想逞しい考えを披露した。その言葉に笑みで応えた幹次郎が、

「それがし、毎朝、清水寺の老師と読経を致す約定でな、天明の大火事で亡くなられた人々の法会に見習いで付き合うことにした。ゆえに時折り、こちらにお邪魔して、われらの京修業話を聞いてもらおう」

と言い足すと、

「えろう不快なことを親子で質しましたな。どうか、うちのお薄を喫して機嫌直しとくれやす」

とお幸が勧めた。

「頂戴しよう」

幹次郎は抹茶を喫して大きく頷いた。

「どないどす、音羽の滝のお水は」

「京は水処じゃと感じ入っておったが、清水寺の音羽の滝の水は格別でござる」

な、なんとも美味しい抹茶にござる」

朝の間とあって清水寺に上がる門前町の産寧坂には客の姿はなかった。

「うち、江戸が不景気やなんて考えもしなかった」

おやすがふと思い出したように言った。

「おやすさん、江戸はどんなところと思うておったな」

と幹次郎が質し、

「京よりも何倍も大きな都どっしゃろ」

と孫娘が答えた。

「人の数は百万を超えて、一説には百二十万と言われる」

「ひ、百二十万人やて、京の何倍もおますな」

おやすが仰天した顔で言った。

「それだがな、おやすさん、半分以上の者が諸国から参勤交代で江戸に出てきた

勤番侍（きんばんざむらい）なのだ。ゆえに江戸の七割がたを武家屋敷が占めておって町屋は少ない、武骨（ぶこつ）な都じゃ」

「京とちゃうな、京は武家屋敷の代わりにお寺はんや神社ばかりや」

とおやすが応じた。

「とはいえ寺社地が七割を占めることはあるまい。江戸におる武家方は、札差（ふださし）、両替商などごく一部の商人衆にぐっと首根っこを押さえられておる。武家本位の政（まつりごと）に戻そうと、ただ今ご改革を企てておられる老中松平定信様は緊縮策を推し進めておられる。最前も申したが、節約しろ、贅沢はするなばかりでは、財政改革はならず、その上、商いもなかなか難しい。それがしと麻が吉原の命（めい）で、京に商いを学びに参った曰くだ。だが、京に来てみると、天明の大火事の被害が未だこの京の商いを苦しめているようで、正直驚いておるところだ」

「神守はん、江戸の吉原といえば花街やな」

とお婆が茶を喫しながら幹次郎に尋ねた。

「いかにもさよう」

と答えた幹次郎だが、吉原と京の遊里ではだいぶ趣（おもむき）が異なっていると考えていた。

「花街にお侍はんが奉公して宜しおすか」

「お婆様、吉原は公儀がお許しになった遊里でござる。ゆえに公儀の役人、江戸町奉行所が監督差配しておる。だが、役人と申すもの、手を汚すのを嫌う輩でな、江戸町奉行所の吉原詰所である面番所に代わって、吉原会所が廓内の治安から商いまでを司っておる。それがしと女房の汀女は、その吉原会所に雇われの身、騒ぎ一切を会所の者といっしょに鎮めるのが役目にござる。吉原会所ではそれがし、裏同心と称されておるが、体よくいえば用心棒でござるよ」

「ほう、用心棒はんが義妹はんといっしょに遠い京の地まで花街の修業どすか」

「さよう、お婆様、訝しゅうござるかな」

「おかしおすな」

とお婆が茶を喫した。

幹次郎は桜餅を頬張った。

今や問答はお婆と幹次郎のふたりの間に移っていた。

お幸とおやすではもはや問答についていけなかった。

「京での官許の色里はどこか承知やろな」

お婆が尋ねた。

「島原と存ずる」

「神守はんの口調やと島原を訪ねたんちゃいますやろか」

「麻といっしょに訪ねました」

「で、どないどした」

「洛中といえどもいささか繁華な三条、四条から離れております。そのせいもあって、賑わいは感じられませんでした。わずかひと晩の滞在でしたがな」

「幾晩泊まらはってもその考えは変わらんのとちゃうやろか」

「お婆様、花街に詳しゅうござるな」

「うち、祇園の髪結床に長年奉公してな、この茶店を開く元手を貯めたんどす。ゆえに花街の裏表は承知どす」

と思いがけない言葉を幹次郎は耳にした。

「神守はん、麻はんは一力亭に奉公やと聞きましたがな、ただの女衆として奉公どすか」

「いえ、女将の水木様の下で茶屋の商いを学ぶことを許されました」

「神守はんも麻はんもただ者やおへんな」

と娘と孫娘に言ったお婆が、

「神守はんの修業はなにをしはるつもりや」

「われらに許された歳月は一年、それも道中と京滞在でひと月余りすでに費消しています。なにをなせば吉原の向後百年のためになるか、未だ的が絞られていませんでな、困っております」

「困った顔やおへんな」

と言ったお婆が、

「神守はんの感じられたように花街は島原から祇園や宮川町、先斗町、上七軒に移っておます」

「吉原のためになる商いの筋が見えませんな」

「と言うほど神守はんは焦ってはりませんな」

「いえ、内心は困惑しておりますがな、不思議なもので、このお婆様との問答がためになるかもしれず、あるいは一年いても江戸へ無益のまま戻ることになるやもしれず、ここはじっくりと腰を落ち着けて思案致す所存です」

と応じた幹次郎が茶代になにがしか置こうとすると、

「神守はん、今日は客やて思てません、水の運び賃どす」

とお婆が笑った。

「お婆様、ならば本日は接待を有難（ありがた）くお受け致します」

「明日、またお会いしまひょ」

と言ったお婆に、

「名を聞いておりませんでしたな」

「うちどすか、古希（こき）を過ぎたら女でもあらへん、名も要りまへん。ただの産寧坂の茶店のお婆どすがな」

「ならばお婆様でお付き合い願いとうございます」

「ああ、そうや、連れの女子（おなご）はんをお連れになりなはれ、うちは麻はんに関心がおます」

「一力亭にての奉公です、そうそう容易く連れ出すことはできますまいが、茶屋の主どのと女将様に願うてみます」

「その折りな、産寧坂の茶店のお婆の願いやと言うてみなはれ」

しばしその意を考えていた幹次郎は、

「相分かりました。抹茶も桜餅も麻なれば歓（よろこ）びましょう」

と言い残すと茶店の縁台から腰を上げた。

四

　居木橋村は北品川宿の西側、目黒川右岸にあったために度々氾濫に遭い、台地に集落を移した。

　元禄郷帳によると村高二百三十石余、田畑は目黒川沿いに広がっていた。田は黒土で肥沃だったが、一方畑は赤土で砂利交じりのやせ地であった。

　元吉原以来の、老舗の妓楼の主一家が住まいするような土地ではなかった。

　俵屋一家を捜し当てる前に四郎兵衛と南町の定町廻り同心桑平市松は、柴田相庵の同業の医師古林正庵を訪ねて、俵屋の仮住まいを訊いた。

「なんと吉原会所の頭取と町方役人が直々にお見えですか」

　といささか驚きの表情を見せた正庵が、

「それにしても吉原の大籬の主だった一家がこの辺鄙な居木橋村に住まいするのは大変でしょうな」

　と言い足した。

「俵屋は元々大所帯でしてな、倅夫婦は金杉村の閑静なところに庭付きの立派な

家を持ち、そちらで暮らしておったはずです。そちらの倅一家もこちらに引っ越してしておりますか」

「わしの知るところでは俵屋萬右衛門夫婦に倅の太郎兵衛と嫁、それの子が三人と聞いておりますがな、使用人はひとりもいないはずです」

古林正庵の診療所より西に七、八丁（約七百六十〜八百七十メートル）離れた高台の竹林に囲まれた百姓家に住んでいることを教えられた。

「うちの前の野道を西に向かえば、地蔵堂がありましてな、その脇から竹林に向かいなされ。村の名主の先代助左衛門が住んでいた家でしてな、藁ぶきで納屋まであるが結構傷んでいるという話です。まあ、吉原なんて華やかな官許の廓で大見世の主を務めていた一族が住む借家ではありませんな」

と正庵が言い、

「それにしてもなぜかような場所に逃げてきたか」

と首を捻った。

「正庵先生、懐具合はどんな風です」

「倅夫婦の末娘のしのちゃんが風邪を引いて高熱を出したとき、母親に連れられてうちに来たのですがな、母親の言動からして決して内証が豊かとは思えませ

んでしたな」

「俵屋さんは元吉原以来の私どもの同業の中でも数少ない老舗の妓楼の主でした。なぜかような場所に隠れ住まなければならないか見当もつきませんな」

と四郎兵衛が正庵に応じた。

「頭取、孫娘の四つのしのちゃんですがな、異なことがございましてな」

「ほう、なんでございましょう」

「右手の小指がないのでございますよ」

「生まれつきですかな」

「いえ、違いますな。この数月前に故意か事故かで小指を切り落とされたと思えます。なかなか愛らしい孫娘ですが、未だその怪我の後遺症に母親もしのちゃんも悩まされておるのは明らかです。私もなにがあったか尋ねたが、血相変えた母親に、『先生はしのの熱を下げてくだされば良い。余計なことに関心を持たないでください』と厳しく叱られました」

「正庵先生、その傷ですが誤って小指を切り落としたのでしょうかな」

とそれまで黙っていた桑平同心が問うた。

「いや、鋭利な刃物で、だれぞが切り落としたと私はみました」

「ほう、幼い娘の小指を切り落とすとは人非人ですな、しののこれからが心配で
す」

と四郎兵衛が驚きの顔でしのを案じた。そして、

「まずは俵屋さんの仮住まいを訪ねてみます。帰りにまた寄せてもらうかもしれ
ません」

と言い残して古林の診療所を出た。

居木橋村の田圃道を西に向かって歩き出したとき、桑平同心が言い出した。

「七代目、正庵先生は、一家は萬右衛門夫婦に倅夫婦、それに子が三人の合わせ
て七人と申されたな」

「私も聞きました」

「それがしの調べでは金杉町の小洒落た別邸には倅の太郎兵衛と嫁のおなか、こ
のふたりの間に五人の子があったそうな。数月前までの話だ。むろん萬右衛門夫
婦にとって孫であるがな。長男は壱太郎十四歳、長女のお華は十一歳、次男坊は
十の万次郎、三男が七つの参之助、そして、末娘がしの四歳と調べがついてお
る」

「萬右衛門の孫の五人が三人に減っていますか。どうやらこの辺りに老舗の妓楼

の俵屋が潰れ、吉原からひそかに逃げ出さねばならない曰くが隠されておるよう
ですな」

「それがしにもそう思える。しのが小指を失わざるを得なかったことも関わりが
あろうな」

四郎兵衛の推量に桑平同心が賛意を示し、言い足した。

「四郎兵衛、三ノ輪の定五郎が調べてきたことだ。金杉村の倅の別邸もすでに人
手に渡っているようだが、相手は未だ調べがついてないそうだ」

なんとのう、と漏らした四郎兵衛はこの騒ぎの根っこは深い、吉原の存続に関
わるかもしれんと漠然たる不安を抱いた。

「俵屋は吉原の大籬と金杉村の別邸の売り値だけで千両は軽く超えても不思議は
ない。それに長年の商いで貯めた金子が何千両もあったはずです。それがこの数
月のうちに失せ、この辺鄙な村住まいです。なにがあったのか」

四郎兵衛が最前から同じ疑問を繰り返し、無念そうに言った。

地蔵堂が行く手に見え、そこから南側の高台の竹林に向かってあぜ道に毛が生
えた程度の狭い道が延びていた。

「どうやら俵屋の住まいはあの竹藪（たけやぶ）の中のようだな」

と桑平同心が先に立って歩き出した。

その瞬間、桑平も四郎兵衛も視線を感じた。だが、ふたりしてなにごともなかったかのように田圃の間の道を進み、竹林の中に続く坂道を上った。

荒れた庭先に夜具が干してあった。

古びた百姓家の縁側でひとりの老人が煙草を吸っていた。

（まさか萬右衛門ではあるまいな）

と四郎兵衛は一瞬考えた。だが、深い付き合いはなかったにしても同じ廓に長い歳月過ごしてきた者同士だ。ひと月かふた月に一度は廓内で会っていた。最後に萬右衛門の姿を見たのは正月の松の内過ぎのことだと思い出した。

あの折り、遅まきの賀を祝し合ったが、格別に異変は見られなかった。萬右衛門は洒落者らしく、春めいた小袖の着流しだった。

それがどうだ。一気に十から十五歳は老けて見え、白髪交じりの蓬髪だった。

人の気配を感じたか、びくりと身を震わせ、四郎兵衛と桑平を見た。

「萬右衛門さんじゃな、お邪魔してよいかな」

「こ、困る」

萬右衛門が狼狽しながら叫んで糾した。

「どうしてここを知ったか、七代目」

「私とな、南町の定町廻り同心の桑平市松様じゃぞ、そなたの行方を捜そうと思えば、手はないことはない。どうだ、少しばかり話ができぬか」

「嫌じゃ、わしはもはや吉原と関わりがない者じゃ」

「そこじゃな。おまえ様は吉原と関わりがないと申されるが、私どもは認めてはおらぬ。元吉原以来の俵屋を廃業されるならば、それなりの手続きが要ることを、おまえ様が知らぬはずもなかろう。吉原会所に届けもないとなれば、吉原として

は未だおまえ様を俵屋の楼主として遇するしかない」

「新たな妓楼の主から届けが出されよう」

「ほう、そのお方はどなたかな」

「知らぬな」

と萬右衛門が即答した。

「それでは俵屋の譲渡は認められぬ」

「勝手になされ」

四郎兵衛はしばし間を置いた。

その間に萬右衛門は銀煙管をくるくると忙しげに 弄んでいた。ただひとつ、

萬右衛門が吉原の老舗の大籬の主だったことを示す凝った造りの銀煙管だった。
だが、古びた煙草盆の刻み煙草は匂いからして安物だった。その落差がなんとも
四郎兵衛には侘しく感じられた。

「俵屋をなにが見舞ったのですな」

「なにもない。吉原の妓楼の主であることに疲れただけだ、四郎兵衛さん」

「それならばそう私に申されれば手続きはできましたぞ。そなたは、吉原会所を、
私を避けなさった。なにかが俵屋を見舞ったという他に考えつかぬ」

「なぜ七代目を避けねばならぬ」

「そのわけがな、分からぬゆえこうして桑平様とふたりしてこちらまでお邪魔し
た」

「ならばひとりで来るがよかろう」

「それがそうもいきませんでな」

四郎兵衛の言葉に萬右衛門が黙り込んで、四郎兵衛が町奉行所の同心を同行し
た曰くを問おうともしなかった。

縁側の萬右衛門と四郎兵衛のやり取りを、奥で倅かだれかが聞いている気配が
あった。

「萬右衛門さん、そなたとこの私はただ今の吉原でも数少ない尾張知多者でしたな。なぜこの知多者の四郎兵衛を信用してくれませんでしたな」

萬右衛門は黙り込んだままだ。

「そなたが俵屋の沽券を渡した相手じゃが、荒海屋金左衛門ですかな」

四郎兵衛の問いに萬右衛門がのろのろと顔を上げて、

「荒海屋某とはだれですな」

と問い返した。

「佐渡鶴子銀山の山師ですよ」

「知りませんな」

と萬右衛門が首を振って否定した。

四郎兵衛は澄乃が語った風采や年恰好を告げた。

「七代目、そのような御仁など私は知りません」

四郎兵衛も桑平も、萬右衛門の表情は、荒海屋金左衛門を本当に知らぬと告げているのを確信した。

「ならば、そなたが俵屋の沽券と金杉村の別邸を売り渡した相手の名を教えてくれませんか。萬右衛門さんにとって決して悪いようにはせぬと約定しよう」

「七代目、私らはもはや吉原の妓楼も金杉村の別邸もなんら関わりがないのですよ。それをどうして分かってくれませんな」

「萬右衛門さん、元吉原から官許の遊里に関わってきたそなたからさような言葉が聞かれようとは思いもしませんでしたよ」

「七代目、なんとでも言いなされ。もはや私らは吉原とは縁がない身です」

と萬右衛門が言い切った。

「萬右衛門さん、新しい妓楼の主に馴染客はもとより、遊女や男衆女衆を楼ごと譲り渡されましたかな」

四郎兵衛は話の矛先を変えた。

「いくらダメな妓楼の主とて奉公人の働き口くらいは残してやりとうてな」

「萬右衛門さんの親切、遊女や奉公人にとって喜ばしいことでしょうかな」

「どういう意ですか、四郎兵衛さん」

四郎兵衛は無言を通してきた桑平市松を見た。

「俵屋、それがしは南町奉行所定町廻り同心ゆえ廓内のことに首を突っ込むつもりはない。だがな、縄張り内の殺しは調べるのがそれがしの役目だ」

「殺しと申されたか、桑平様」

萬右衛門の顔に恐怖が奔った。

「俵屋の菩提寺は寿永寺じゃそうな」

「そ、それがどうしました」

萬右衛門の口調が急き込んだ。

「俵屋の代々の墓の前で墓石を抱くように殺されていた者がいた」

「だ、だれでございますな」

「番頭の角蔵だ」

「た、たしかにうちの番頭ですか」

「そなた、だれと思ったな」

「だれなどと考えもしません。番頭がなぜ殺されねばならないか、分からぬもので質したのでございますよ」

と言った萬右衛門が、

ふうっ

と息を吐いた。

奥の暗がりからふたりが姿を見せた。

萬右衛門の女房のお市と倅の太郎兵衛だ。

「七代目」

とお市が縋るような眼差しで見た。

「お市さん、なぜ四郎兵衛を信じてくれなかった。私はおまえさん方が私のやり方を信頼してくれているとばかり思っていたんですぞ。同じ尾張知多の出の者同士、死ぬも生きるもいっしょ、言葉は要らぬと考えていた私が愚かだったよ、女将さん」

四郎兵衛の言葉にお市の両目から涙がぼろぼろと流れ始めた。

「頭取、親父も私も吉原会所のやり方を支持していましたよ」

と倅の太郎兵衛が無表情と思える顔で言った。

「太郎兵衛さん、親父さんの萬右衛門さんの商いをおまえさんは継ぐ心算でいなさったのではありませんか」

四郎兵衛の問いにこっくりと頷いた太郎兵衛が悔しげな顔を一瞬見せたが、また無表情に戻した。

「太郎兵衛さん、おまえさんと嫁のおなかさんの間には五人のお子さんがおられましたな」

四郎兵衛の問いに三人の顔に新たな恐怖が奔った。

「嫁とお子はどうしていなさる。　聞けば今この借家には三人しか子がいないそうな」

　三人はそれぞれがなにかを答えようとしたが、萬右衛門が女房を制して、

「見ての通りのこの体たらくだ。今いないふたりはおなかの実家に預けていますよ」

「おなかさんの実家はどちらでしたかな」

「七代目、私どもはお調べを受けていますので」

「そう取られたらお詫びしますよ」

と四郎兵衛が謝り、

「萬右衛門さん、この四郎兵衛や桑平の旦那が力になれることはございませんかな」

「ありませんな」

と萬右衛門が即答した。

「萬右衛門さん、この四郎兵衛と話したいことがあると思われたとき、浅草並木町の料理茶屋山口巴屋を訪ねて、汀女先生にわしに会いたいと伝えてくれませんか。直ぐに駆けつけますでな」

と四郎兵衛が言い残し、ふたりの訪問者が去ったあと、萬右衛門は縁側の隅に袱紗で包んだ五十両の金子があるのを見つけて言葉を失った。

居木橋村から目黒川に泊めていた舟に乗ったふたりはしばしの間、ともに沈思していた。

「四郎兵衛、この話、容易く謎解きができそうにないと考えるのはそれがしだけであろうか」

と桑平が自問するように言った。

「いえ、同じ考えにございますよ。あの怯え方は尋常ではない」

と賛意を示した四郎兵衛が、

「桑平様、相手方は惨酷非道な連中ですよ。萬右衛門さんの孫ふたりは俵屋を乗っ取った一味の手に捕われていると考えたのだがどうですね」

四郎兵衛の推量に桑平が大きく頷いた。

「となるとまず萬右衛門さんの孫を助け出さねばこの一連の騒ぎの目処は立たぬな」

「ということです」

「萬右衛門の借家を一味の連中は承知しているのかな」

「当然承知しているとみたほうがようござりましょう。しかし、居木橋村に会所の人手を割けるかどうか。なにしろ吉原から遠うございますからな」

と四郎兵衛が困った顔をした。

そのとき、四郎兵衛の脳裏に身代わりの左吉の顔が浮かんだ。荒海屋金左衛門の身許を調べてもらおうと思いながら、未だ連絡を取っていなかった。この際、荒海屋のほうは左吉に任せようと思ったのだ。

「四郎兵衛、この俵屋の廃業の一件に佐渡の山師は関わっておらぬかな。萬右衛門は荒海屋金左衛門を知らぬ様子だったな」

「私もあの表情を見て、とぼけているとは思えませんでした。俵屋から沽券を脅し取った一味がだれか存じませんがな、最後には荒海屋にいきつくような気がしました。ともあれ、荒仕事をする連中も俵屋から沽券を騙し取った連中も私どもの前に未だ姿を見せておりませんな、そう思いませんか」

四郎兵衛の話に桑平が頷いた。

舟は目黒川から、漁師らには武江と呼ばれる江戸の内海に出て大川（隅田川）河口を目指していた。

「七代目、俵屋の妓楼商いは吉原の中でも独特と言うておったな」

「特異でしたな」

と応じた四郎兵衛は俵屋のやり口を詳しく桑平に説明した。

「老舗の大見世でありながら張見世なし、馴染客だけの商売か。話を聞くだに珍しいことだな」

と言った桑平が、

「七代目、となると吉原会所が内実を知らぬ一番手が俵屋ということになるか」

「そう申してよいでしょうな」

舟に揺られながら顎を撫でていた桑平が、

「馴染客の中に廓外のだれぞに話を漏らした者がおらぬかな。特異な商いであっただけに楼主のやり方を一番承知なのは、俵屋の馴染客ということはないか」

桑平の思いつきに長いこと沈黙して考えた四郎兵衛が、

「早速調べさせます」

と請け合い、

「神守様不在の折り、桑平様の手助けは大いに吉原会所の力ですぞ」

と言い添えた。そして、この一連の騒動、桑平の言うように、

（容易く目処が立つまい）

と覚悟した。

第三章　祇園の謎

一

　四郎兵衛が吉原会所に戻ったとき、五つ（午後八時）を過ぎていた。すでに夜見世は始まって佳境を迎える刻限だが、今ひとつ廓内に活気が見られなかった。

　番方の仙右衛門が安堵の顔で四郎兵衛を迎え、

「七代目、なにごともござりませんでしたかな」

とまず頭取の身を案じた。

「私にはなんの異変もございません」

と応じた四郎兵衛が番方を奥座敷に招じた。すると澄乃が盆の上に淹れ立ての茶を載せて運んできた。他の連中は見廻りに出ているらしい。

「おお、頂戴しよう」

四郎兵衛が茶を美味そうに喫した。すると澄乃が、

「玉藻様は落ち着かれて、起きて働こうとなさいましたが、汀女先生に相庵先生の申されることを聞いて二、三日は体を休めなされときつく忠言されて、休んでおられます。茶屋の階段の上り下りが危ないからと、正三郎さんも同じ考えです」

「玉藻は歳がいっての初産じゃによって、注意はしたほうがよかろう」

と四郎兵衛も同意した。

澄乃が奥座敷から引き下がろうとするのを引き留めた四郎兵衛に番方が、

「俵屋の萬右衛門一家に会うことができましたか、七代目」

と案じていたことを問うた。

「会えました」

と答えた四郎兵衛が、

「品川宿外れに野州か上州の在所のような村があるのですがな。その中でも俵屋さん一家の住んでおるところは、わずか数月前の吉原の暮らしからは想像もできぬほど酷いものです」

と前置きし、萬右衛門とお市夫婦、倅の太郎兵衛と交わした問答を両人に掻い摘んで話して聞かせた。

話が終わってもふたりは無言だった。驚愕していることが無言の顔に表われていた。仙右衛門は、

「七代目、吉原になにが降りかかっているのですか」

と質した。

「さてな、そこまでは未だ言い切れませんが、少なくとも俵屋が地獄に落とされたことはたしかなようだ」

「萬右衛門の大旦那はなんと申されました」

「萬右衛門さんは佐渡の山師の荒海屋金左衛門という人物に会ったこともないと言われました。いっしょに話を聞いた桑平市松同心もこの一件については私の考えと同じ、少なくとも萬右衛門さんと金左衛門は知り合いではなさそうです、これが本日分かったことです」

「ということは俵屋の沽券を入手したのは荒海屋ではないと言われますか」

「いや、沽券を所持しているのは荒海屋でしょう。ただし俵屋にどのようにして妓楼と金杉村の別邸を手放すように仕向けたのは別の人物と思えます。俵屋

と荒海屋の間に私どもが知らぬ人物がひとり、あるいはふたり、介在しているよ

うです」

「なんというこった」

と仙右衛門が呻き、

「七代目、どこから手をつけますな」

「そこです。帰路の舟でな、桑平様が俵屋の馴染客の中に俵屋追い出しを謀った

者がいないかと質されたのです」

「ほう、それは」

と仙右衛門が応じて、

「私どもは長年俵屋独特の商いを黙認してきてしまったのだと、桑平同心の言葉

で気づかされました。まず俵屋の常連客を調べるところから始めませぬか、番

方」

と四郎兵衛が言った。

「七代目、えらく迂遠な探索ですな」

「番方、この騒ぎ、そう容易く全容が分かりますまい。なんとしても私どもは最

初から順を追って荒海屋金左衛門に辿りつくしか手はありませんでな」

「へえ」

「桑平様が私どもを廓の外から手助けすると申されております。それとな、居木橋村の帰りに馬喰町の煮売り酒場に私だけ立ち寄り、運よく居合わせた身代わりの左吉さんに会うことができました。そこで左吉さんにも佐渡の山師を調べてもらうように願ってきました」

「七代目、こちらは相手が未だ分かっていません。一方、やつらは俵屋を、吉原会所のことをとことん調べ尽くして仕掛けていませんか」

「そういうことです。番方、うちが後れを取っていることも陣容が足りぬことも承知の上です。ここはなんとしても頑張り抜くしかございません」

「へえ」

と応じた仙右衛門が四郎兵衛から聞いた話を頭の中で整理するように黙り込み、沈思した。

「頭取、口を利いてもようございますか」

と澄乃が願った。

「そなたはうちと関わりを持って日は浅うございますが、神守様の下で修羅場を潜ってきました。そして、今や吉原会所のただひとりの裏同心です。考えがあれ

ば述べなされ」

「俵屋に出入りの商人に聞いた話ですが、殺された角蔵さんは女衆のおとみさん
とわけありの間柄であったとか」

「待ってくれないか。おれが知る話は反対のことだ、俵屋の番頭と余所の妓楼で
は遣手と呼ばれる女衆頭のおとみとは犬猿の仲と聞いたぜ」

「番方、俵屋さんは奉公人の情ごとにはとりわけ厳しい楼だったようですね。そ
こでふたりは俵屋では犬猿の間柄を装い、ひと月にいちど、不忍池の水茶屋で
密会をしていたそうな。こたびの角蔵さんの行方知れずをひそかに案じているの
はおとみさんだそうです」

俵屋が廃業したことも角蔵の死も未だ公表されていなかった。

桑平市松と四郎兵衛が話し合い、極秘の探索を名目に、しばらく限られた者の
間に真相を留めておくことが決まっていた。そして、角蔵の亡骸は寿永寺の無縁
墓地に仮埋葬されていた。

「おとみは角蔵の死を知らないのだな」

「知らないと思います」

と応じた澄乃が、

　「角蔵さんとおとみさんは俵屋の身内ではありませんが、ふたりして二十年以上も俵屋で働いてきたのです。角蔵さんが承知だったことをおとみさんも知っておるのではないでしょうか。またおとみさんも、見聞したことを角蔵さんに話したとは考えられませんか」

　「男と女が情を交わした間柄なら、ましてや主人一家に起こったことはふたりして互いに承知しているかもしれませんな」

　「おとみさんと会って話がしとうございます。七代目、いかがですか」

　「廓の中には、荒海屋金左衛門の意を受けた、京の花街で奉公していた女衆や、残された俵屋の遊女や奉公人を見張る男たちが入り込んでいるのではないませんかな、そやつらに気づかれぬように大門の外に呼び出す策がありますかな」

　「七代目、女は女同士、意外と澄乃の話に食らいつくかもしれませんな。わっし、角蔵とおとみは犬猿の仲とばかり思うておりましたからな」

　仙右衛門が腹立たしげに言い放った。

　「よし、澄乃、今晩にもおとみに話がつけられればよいがな」

　「試してみます」

　と言った澄乃が、

「廊の外で会おうとして、どこぞ宜しき場所がありましょうか」

「澄乃、ふたりが出会っていた不忍池の水茶屋の名は分かりますかな」

「はい。水茶屋逢瀬にございますそうな」

「ならばそこへおとみを呼び出しなされ」

「今晩じゅうとなると無理でございます」

「それは承知です、明日にもなんとか会うてくだされ。そうじゃ、日にちと時が決まったら知らせてくれませんか」

と四郎兵衛が命じ、頷いた澄乃は即座に吉原会所の老犬遠助を連れて角町の老舗、俵屋だった妓楼の勝手口を訪ねた。

四半刻（三十分）後、澄乃は遠助といっしょに戻ってくると、

「明日八つ半時分に水茶屋逢瀬におとみさんが参ります」

と四郎兵衛に伝えた。

「ようやりなさった」

と応じた四郎兵衛に澄乃が、

「俵屋に荒海屋の配下と思われる女衆と男どもがひそかに寝泊まりしていたそう

ですが、本日の夕暮れ前に慌ただしく出ていったそうです」
と告げた。

「というと俵屋に残されたのは遊女と奉公人だけですか」

「はい」

四郎兵衛はしばらく思案していたが、

（やはり本日、桑平様と居木橋村を訪ねたことは知られていたか）

と案じた。

だが、俵屋が居木橋村に潜んでいることは柴田相庵の同業の朋輩が文で知らせてきたゆえに分かったのだ。四郎兵衛らの動きで荒海屋一味が察知したということはあるまいと思い直した。となると、俵屋の夜逃げ先での行動を荒海屋金左衛門一味か、あるいは荒海屋と通じている別の人物が見張っていて承知したことになる。

本日、吉原会所の頭取の四郎兵衛と南町奉行所定町廻り同心の桑平市松が居木橋村の萬右衛門一家を訪ねたことを知った者たちが荒海屋金左衛門に知らせ、廓内から手のうちの者を引き上げさせたということであろうか。

四郎兵衛はあれこれと思案したあと、

「明日の水茶屋逢瀬でのおとみとの面会の場に私も出ます」

「畏まりました」

と澄乃が即答した。

翌日、水茶屋逢瀬の二階座敷に約定の八つ半より四半刻前から四郎兵衛と澄乃がおとみの来るのを待ち受けていた。

おとみは、約定の刻限の前に姿を見せた。

控えの間から座敷に入ったおとみは、

「吉原会所の頭取」

思いがけない人物に会ったという驚きの声を漏らし、不意に怒りの眼差しに変えて澄乃を睨んだ。

「おとみさん、ちとわけがございましてな、かような真似を澄乃に命じました。しばらく私とお付き合い願えませんかな」

四郎兵衛が優しい口調で言い、座敷に招じ入れた。

「どういうことでございますね、頭取」

「いくつかお話を聞かせてほしゅうございます」

「なんですね」

と警戒しながらもおとみは座敷の隅に座った。

「ひとつ目は俵屋さんの廃業についてです」

との四郎兵衛の言葉が、

「吉原会所は主一家の廃業と引っ越しをなぜ黙認されましたな」

といきなり噛みついた。静かな口調ながら怒りの表情でのおとみの詰問（きつもん）にしば

し間を置いて、

「吉原会所が、この四郎兵衛が俵屋の廃業と引っ越しを知ったのは、つい最近で

す。正式には番頭の角蔵さんに廃業届けを渡された折りのことです」

と四郎兵衛が沈んだ口調で答えた。

「なんですって。　吉原会所はなにも知らなかったと言われますか」

「俵屋さんと私どもは元吉原からの、代々の付き合いです。私ども会所を信用して

妓楼商売を信頼してきました。ですが、俵屋さんには私ども会所を信用してはい

ただけなかったようですな。なんともそれが悔しゅうございます」

との四郎兵衛の言葉におとみは信じられないといった顔つきで言葉を失った。

愕然（がくぜん）として五体から力（こたい）が抜けたようで、それでも念押しした。

「四郎兵衛様は萬右衛門様方の所業をなにも承知しておられなかったと言われますか」

「最前も申しました。最初にとある筋から聞かされたときには、すでに萬右衛門様一家は角町から姿を消して何日も過ぎたあとでした。一体全体、俵屋になにが起こったのか、未だにその日くを会所は承知していません」

おとみが両目を見開いて四郎兵衛を見た。

「おとみさん、妓楼や茶屋が廃業し、身売りする折りは吉原会所に譲渡の届けを出すのは廓の者ならばだれもが承知のことですがな。まして俵屋さんは元吉原からの老舗です」

四郎兵衛の言葉におとみが頷いた。

「なぜ老舗の俵屋さんがかような不義理をなさったか、わけがなければなりますまい」

「七代目、私どもはただの妓楼の奉公人ですよ」

「とは申せ、同じ屋根の下で二十年以上、寝食を共にしてきた間柄です。小耳に入ることもありましょうに」

「七代目、俵屋の主夫婦は金杉村の御寮（ごりょう）にちょいと用事と言い残して以来、ど

こへ行かれたか行方知れずです」
「いえ、行方は分かっております。　昨日、　私は萬右衛門様、お市さん、それに倅
の太郎兵衛さんに会いました」
「な、なんと。どちらにおられましたか、まさか金杉村の御寮に隠れておられる
なんてことはありますまいな」
「金杉村の御寮も他人様(ひとさま)の手に渡っておりました」
「やはり」
おとみは予測していたようで顔色を失ったが、
「旦那様方はどこにおられます」
と繰り返し問うた。
「おとみさん、萬右衛門さんの身内が今どこにおるか、知らぬほうがそなたの身
は安全です」
「なんですって、萬右衛門の旦那にそう言われましたか」
「いえ、そうではありませんがな、最前まで俵屋にいた連中が姿を消したそうで
すな。おそらく私が萬右衛門様方に会ったことと関わりがございましょうな」
おとみが恐怖の眼差しで曖昧に頷き、

「四郎兵衛様は、萬右衛門の旦那になにが起こったか、お尋ねにならなかったのでございますか」

「むろんそのために会ったのです。ですが、萬右衛門さんは、問いに答えられませんでした。怯えておられたことはたしかです」

「どういうことですか、七代目」

「吉原から私が昨日会った場所に引き移られたとき、一家は萬右衛門さんとお市さんの主夫婦に、跡継ぎの太郎兵衛とおなかの夫婦、そして三人の子の七人だったようです」

「えっ、若旦那の子供は壱太郎さんからしのさんまで三男二女の五人ですよ、だから身内がいっしょなら九人のはず」

「それが子供は三人だけ」

「どういうことです」

「おとみさん、末娘のしのさんの小指は左右ともに揃っておりましたな」

「可愛いお子さんです、むろん五本の指はちゃんと」

「それが片方の小指の先が欠落しておりました。それを診た医師は、鋭利な刃物で切られたと思われると申されました」

「だれがなんのために幼い子供の指を切り落としたりするというのでしょうか」

おとみが青い顔を歪め、自問するように呟いた。その顔にはなんとも表現できない恐怖があった。

「それが分かれば、こたびの出来事が分かるし、探索の目処が立つ。だが、肝心なことは萬右衛門様方も話してくれようとはしない。いや、話そうと覚悟を決めた人もいた」

「まさか」

「おとみさん、まさかどなたと申されますな」

「いえ、言葉のはずみです、忘れてください」

「番頭の角蔵さんのことを、おまえさんは考えられた。違いますか」

長い沈黙におとみは落ちた。

「角蔵さんが俵屋を出ていかれたのは二日前の夜の四つ前時分でしたな」

「会われた相手は四郎兵衛様、そなた様ではございませんか」

「やはりおとみさん、そなたに言い残されておられましたか。どこで会うと伝えておりましたかな」

いえ、とおとみが首を横に振り、四郎兵衛に糾した。

「角蔵さんはどこに行かれたんです」

「おとみさん、肚を据えて聞いてくだされ。　角蔵さんはもはやこの世の人ではございません」

しばし四郎兵衛を睨んでいたおとみが、

「嘘です」

と叫んだ。

「私どもは俵屋の菩提寺、代々の墓所の前で会う約定でございました」

と前置きして、約定の刻限より遅れて行った事情と四郎兵衛が見聞したことのすべてを語った。

「そんなことが」

と呟いたおとみは涙をぼろぼろとこぼし始めた。

「おとみさん、俵屋は老舗の妓楼、独特な商いで上客のお馴染さんに支えられていた。他人様の懐具合を口にするのは憚られますが、俵屋の内蔵には何千両かの金子があったと踏んでいます。昨日、会った萬右衛門さんは、銀煙管で安物の刻みを吸っておられた。かような目に遭わせ、角蔵さんを無情にも殺したのは、同じ一味です。　私どもは、なんとしてもこやつらを捕まえ、お上のお裁きを受けさ

せたい」

と言い切った。

だが、おとみは口を開かなかった。

長い沈黙のあと、おとみが、

「吉原会所におられた神守幹次郎様はどこにおられます

「神守様にならば話すと申されるか」

「いえ、どうしておられるかな、とふと思ったんですよ」

「おとみさん、神守様は故あって吉原会所を抜けられました」

「放逐したのは吉原会所と聞いていますが」

「あれこれと流言飛語が飛びかっておるのは承知です。ですが、こたびの一件、

神守様の力なしに私どもだけで戦うしかございませんのさ。おとみさん、角蔵さ

んが私に告げようとしたことを承知なれば、話してくれませんか。もはや老いた

身ですが、命を懸けて最後のご奉公がしたい。俵屋さんの無念を晴らしたい、角

蔵さんの仇を討ちたいのですよ」

と四郎兵衛は懇々とおとみを説得した。

おとみはさらに間を置いた。

「信頼できませんか、この四郎兵衛の言葉が」

「いえ、そういうわけではございません。俵屋にいた遊女衆、それに私ども奉公人はどうなるのですか、それが知りとうございます」

こんどはしばし四郎兵衛が考え込んだ。

「遊女衆、奉公人衆がお望みならば廓内の妓楼や引手茶屋にこの四郎兵衛が口利き致します。これでどうですな、おとみさん」

四郎兵衛の提案に、おとみが長いこと考えた末にこくりと頷いた。

二

神守幹次郎は、祇園社の神輿蔵にて未明に起きてから、床に入る夜までの一日の行動がこの数日でほぼ定まった。

この日、未明七つ（午前四時）に起きた幹次郎は、神輿蔵で独り抜き打ちの動きを半刻ほど行い、清水寺に上がった。そして、舞台の上から洛中を見下ろしながら羽毛田亮禅老師の朝の読経に付き合った。そのあと、音羽の滝に下りた幹次郎は産寧坂のお婆と孫娘の水汲みを手伝い、茶店に向かった。

「神守はん、なんぞ修業の中身が見つかりましたんか」

孫娘のおやすが幹次郎に質した。

「おやすさん、そうそう容易く見つかりませぬ。なにより未だ界隈を知らず、祇園の諸々を知ることがただ今の修業でござる。祇園はさほど広いわけではない。じゃが、奥が深くて通り一遍ではなにも分からぬ。今のところ、それがしの務めは祇園を知ることに費やされておる」

と幹次郎は日常を念入りに語った。

「剣術の独り稽古に清水の老師はんと読経、それに水汲みの手伝いに祇園界隈のぶらぶら歩きどすか、なんやらあきまへんな」

おやすが正直な感想を述べた。

「おやす、初めての京でな、ひと月も経たんと神守はんの暮らしが定まっただけでもえらいこっちゃ。神守はん、気長にな、祇園に慣れなはれ。不意にな、これまで見えなかった小路の奥が見えることもおます」

とお婆が最後には幹次郎に視線を向けて言った。

「本日の昼下がりには一力亭で旦那衆との集いがござる。その集いの端に加えてもらい、旦那衆の話を聞かせてもらう所存」

「一力はんに集まられる旦那衆は祇園の、いえ、お宮の本に住まうか関わりのある京の生き字引ばかりや。神守はんに知恵を貸してくれはるんちゃいますか」

お宮とはむろん祇園社のことだ。

「残念ながらこちらに京の知識がないゆえに、話をすべて分からせていただけるとは思いませぬ。おひとり様のひと言でもよい、集いごとに学ぶことができればそれでよかろうと思う」

「そやそや、焦ることはおへん。限られた一年で修業できることはわずかなもんどす。それより麻はんをうちに連れてきなはれ」

とお婆が言った。

「本日の集いが終われば一力の女将さんに願い、許しが得られればこちらに連れてこよう」

と幹次郎は答えながら、早朝ならば一力に迷惑はかけまいと思った。

「江戸の吉原を京の花街風に模様替えしはるおつもりやったな、神守はん」

お婆が幹次郎に尋ねた。

「それでよいのか、未だ目処が立ちません。なにより京の花街を江戸の吉原に引き写したとしても役には立ちますまい。創意工夫が要りましょう」

と幹次郎は言った。

「なにが分からへんのやろう」

お婆がぽつんと呟き、

「うちらも、江戸のことは皆目分かりまへんよって、神守はんの悩みが今ひとつ察せられまへん」

とおやすが言い添えた。

「それがしの迷いもそこにあろうかと存じます」

茶店に戻ると、おやすが汲んできた音羽の滝の水で茶を淹れてくれることになった。知り合ってから、この茶店で茶を喫するのが朝の日課のひとつになっていた。

清水寺を訪れる参拝客が少ない刻限だ。そんなわけで狭い庭の縁台にお婆と幹次郎のふたりだけが向き合っていた。

「うちが奉公していたんは、祇園南の花街どした」

不意にお婆が言い出した。

「四条を挟んで南側は、一力のある界隈ですな」

「そうや、祇園甲部は舞妓はん、芸妓はんが置屋に住まいしてな、芸事が修業の

主なもんどしたわ。けどな、四条の祇園北側になると、娼妓が中心どしたな」

「娼妓と申されましたが、身を売るのが務めということでしょうか」

「そうどす。神守はんは島原にも行かれたそうやな」

「義妹の麻を伴って訪ねました」

「それや、一見さんが女連れや、島原も正体は見せまへん」

「ということは、島原も芸事だけの花街ではありませんか」

「この世の中には男はんと女はんしかいまへん。男はんが花街の女衆に望みはるのは芸事だけではおへん」

お婆は幹次郎が島原で疑いを持ち、祇園界隈で悩んだことにあっさりと答えてくれた。

「踊りや囃子方や茶道の嗜みだけで満足する男はんばかりではおへん。情けを交わして懇ろになりたいと望む男衆が京にも仰山おます」

「お婆様、四条南側の祇園は芸事の花街と言われましたな。娼妓はおりませぬか」

「四条北とは違う心意気で花街を育てようと一力亭の旦那はん方は、考えておられます。神守はん、世間は光と闇で成り立っておるんとちゃいますか。光だけで

世は成り立ちまへん。かといって闇ばかりではあきまへん。闇が光を引き立て、光が闇を照らすよって、この世は面白いんとちゃいますやろか」

幹次郎はお婆の言葉を噛みしめるように聞いた。

江戸の官許の遊里吉原には、太夫とか花魁という遊女の頂点を目指しての上下関係、階級制が厳然とあった。だが、何千人もの遊女から太夫とか呼ばれるひと握りの頂に上り詰めたとしても籠の鳥は籠の鳥、廓の外に出ることすらままならなかった。そして、身を売った、売らねば生きていけなかった。これが官許の遊里吉原の遊びだった。

一方、この京には舞妓や芸妓と呼ばれる芸事を売る「生業」が成り立っているのだ。むろん吉原にも謡や三味線などをなす芸者衆はいた。だが、吉原の芸者はあくまで遊女衆の引き立て役だ。舞妓・芸妓のように芸と身形と話で客を接待するのではなかった。

「江戸の吉原とはちゃいますか」

とお婆が幹次郎に尋ねた。

「京と江戸の都の成り立ちの違いでしょうか。江戸は武家ばかりの町です、それも武家方は、国許に妻子を残して江戸勤番を務めねばなりません。ゆえに武骨、

野暮と申しましょうか、望むことは直截です」

「女はんに求めるものはひとつどすか」

「お婆様、男と女の間柄は百人百様と言いとうございますが、まあ、お婆様の申されることは真実でしょうな。それがしは、女房ともども吉原会所という官許の遊里を差配するところに身を寄せて生き延びてきました。男の想いも女の望みも百人それぞれ違うことも承知です。その辺りのことをこの京は、上手に使いこなして『商い』にしておられる」

「神守はんは正直なお方やな」

「お婆様、人は正直だけでは生きていけません。それがし、吉原会所の用心棒を何年も務めて参りました。一応裏も表も、光も闇も見てきたつもりでしたが、この京は、そう容易くは正体を見せてくれませぬ」

というところにおやすが茶菓を運んできてくれた。

「お婆、話が弾んでおりますな」

「神守はんにな、肝心なことを尋ねようとしたところや。孫が来ては訊けまへんな」

とおやすの問いにお婆が応じた。

「うちがいては訊けん話どすか」

幹次郎はいつものように美味しい茶と甘味を賞味した。

「神守はんは江戸のお方とはちゃうやろ、当然おかみはんもちゃうはずや。出は西国やろな、そうみましたけど」

とお婆が自問するように呟いた。茶を喫し終えた幹次郎が、

「お婆様のご指摘通り、それがしと女房の汀女は西国のさる大名家の下士の長屋で姉と弟のようにして育ちました。この先の話は、近々麻を連れてきた折りに尋ねてくだされ」

「ふっふふ、おやすが来たよってに、神守はんに上手に逃げられてしもうたがな」

とお婆が笑い、

「神守はん、本日はこれからどちらに行かれますんや」

と尋ねた。

「最前、お婆様に聞いた四条北の祇園をぶらついてみます」

幹次郎は巾着から茶代を出し盆に載せた。

「おおきに」

とおやすが礼を述べ、

「この刻限、目当ての場所はそう容易くは見つからんと思います。けどな、神守はんの好きそうなもんが祇園界隈にもおますえ」

「ほう、それがしの好物がございますか」

「お婆は剣術のことは分かりまへんけどな。あの花街の中の白川沿いにな、昔から剣道場がおますんや」

「なんと祇園界隈に剣道場がありますか」

「ほれ、神守はんの顔色が変わったやおへんか、おやす」

「ほんまに女はんより剣術が好きなんや」

とおやすが感心し、

「神守はん、訪ねははるなら、産寧坂の茶店の婆が口利いたと言いなはれ」

とお婆が言い添えた。

一刻後、神守幹次郎は、禁裏門外一刀流観音寺道場と地味な表札が掛けられた門前に立っていた。表札は古びて歴史のある剣道場の趣で、まるで町中にある寺の山門の前に立っているようだった。

産寧坂を早足で下った幹次郎は、祇園北部界隈を歩き回ったが、昼前とあって

か、娼妓のいる遊里を見つけることはできなかった。お婆は、

「そう容易くは見つからん」

と言ったが、この小路がそうかとか、この家がそうではないかと思うところは

あっても、決めつけることはできなかった。

夜、もう一度この界隈を歩いてみようと思い、ふと視線を上げると道場の表札

が見えたのだ。

「御免くだされ」

と門を潜った幹次郎は寺の建物さながらの剣道場の式台前に立ち、破風造りの

外観を眺め上げた。どうやら観音寺道場も天明の大火の焔を受けなかったとみえ、

少なくとも建てられて百年以上は歳月が過ぎているように思えた。

「御免」

と式台前で津田近江守助直を腰から抜いて右手に持ち、森閑とした道場に声を

かけた。すると若い門弟が姿を見せて、

「何用かな」

「道場の見物はできましょうか」

「あやつらの仲間か」

といきなり問い質された。

「と、申されますと」

幹次郎は異様な雰囲気の道場を見やった。だが、玄関から道場の床までそれな

りに高く道場内部は覗けなかった。

「道場破りの仲間かと申しておる」

「滅相もござらぬ。それがし、道場の稽古を見物したく参った者です。お疑いな

れば、清水寺産寧坂の茶店のお婆様の口利きにてこちらに伺ったと師匠にお伝え

ください」

「ただ今、いささか多忙でな」

「道場破りでございますか」

「いかにもさよう。師範と道場破りのひとりが立ち合っておるところだ」

「見物しとうござる」

「厄介を申すな」

と若い門弟が言うところにもうひとり門弟が姿を見せ、

「本多、構わぬ。そのお方、それがしの知り合いじゃ」

と言った。

幹次郎がびっくりしてその顔を見ると、京都町奉行所目付同心の入江忠助だった。

「おお、入江どのか。その節は世話になり申した」

「そんなことよりちと願いがある」

「どうなされた」

「本日、観音寺先生が他用で留守の間に三人の道場破りが姿を見せおってな、その一番手がふたりの門弟を倒して、三人目の師範の伊奈埼どのと立ち合いの最中だが、ちと分が悪い。そなた、観音寺道場の門弟になってくれぬか、そなたならば、あの三人など目ではあるまい」

「なんと、それがし、いきなり当道場の門弟にございますか」

「過日のこともあろう。それがしに手を貸してもよかろうではないか」

入江忠助が言っているのは、過日、幹次郎と麻が鴨川の河原で旧藩の目付清水谷正依に雇われた剣術家に襲われた折り、通りがかりの入江同心と御用聞きのおかげで面倒にならずに済んだ経緯のことだった。

「まあ、致し方ございませんな。それがしの手に負えましょうか」

「案ずるな、そなたの技量ならばなにごとかあらん」

と容易く請け合った入江と本多と呼ばれた若い門弟に導かれて道場に通った。

幹次郎は高い天井に加え、数か所に大きな丸柱がある普請は、元々寺だったところを道場に改装したものかと得心した。

視線を道場の中央に移して伊奈埼師範と立ち合う髭面の剣術家を見た。がっしりとした体格に背丈は六尺（約百八十センチ）を超えていよう。ふたりの立ち合いは膠着状態のようで、両者ともに攻め手に欠いているように思えた。

「ご両者」

といきなり入江が立ち合いのふたりに声をかけた。

ふたりの対決者はちらりと入江を見たが、互いに木刀は構えたままだ。

「両者引き分けと致そうか」

との入江の声に道場破りが、

「ならば、われらの勝ちじゃな。道場の看板をもらっていこう」

「看板な、表札に毛の生えたようなものじゃぞ。あのようなものはそなたらが持っていっても直ぐに新たなものが作れるぞ」

と道場主観音寺継麿に代わって入江がいい加減な応対をなした。

「道場破りどの、ちょうどな、門弟のひとりが遅れて稽古に参った。そなたの仲間の残りのふたりとこの者を立ち合わせてくれぬか。もしそなたらがこの者から勝ちを得るようならば致し方ない。二十五両の包金を進呈しようではないか」

「ほう、二十五両な、間違いないな」

「ござらぬ」

と入江忠助が応じて、

「本多、神守さんに木刀を渡さぬか」

と命じた。

本多が慌てて壁にかかった木刀から二本を選び、

「どちらが宜しゅうございますか」

と尋ねた。

幹次郎は、助直を本多に渡して二本の樫の木刀から、定寸より長く細身のほうを選んで素振りした。それを見た道場破りのひとり目が、

「わが仲間と立ち合う前にわしと立ち合え」

と言い出した。

「そなた、姓名の儀は」

「伊牟田玄蕃芳充」

「伊牟田どの、そなた、同輩をすでにふたり破り、三人目の師範と立ち合いをなしておろう。　疲れてはおらぬか」

「抜かせ」

と伊牟田は喚いた。

「承知致した。じゃが、こちらからも注文がござる」

「なんだな」

「そなたの仲間ふたりもいっしょに立ち合うてくれぬか。それがし、このあと、いささか多忙でな。一度に事を済ませたい」

幹次郎の言葉にしばし沈黙があって伊牟田が喚いた。

「われらを舐めおるか」

「理由は申し述べたな、時がないのだ。三度の勝負より一度で決着をつけたいのだ」

仲間のふたりが太い木刀を手に道場に出てくると、

「伊牟田どの、叩き殺してしまえ」

と喚いた。三人が木刀を構えるのを見て、幹次郎は元は寺だと思しき道場の隅

へとするすると後ずさりして、間合を空けた。

「そなたら相手に禁裏門外一刀流を披露するは勿体なし。それがし、西国薩摩に伝わる武術でお相手仕る」

と宣言した幹次郎が木刀を右肩に突き上げ、走り出した。

仲間のふたりの道場破りがそれぞれ上段と八双に構え、伊牟田だけが正眼に木刀を置いた。

一気に間合が詰まった。

きええっ

と猿叫にも似た甲高い叫び声が観音寺道場に響きわたり、幹次郎の体が虚空に浮いた。そして、三人が構える中に飛び込むように木刀を振るいながら着地した。

ふわり

と床に下りた幹次郎の周りに、

ばたりばたり

と伊牟田某ら道場破りが倒れていた。なにがどうなったか、入江忠助にも見分けられなかった。

観音寺道場は　粛として声ひとつなかった。

「手加減しましたゆえ、死にはすまい」

幹次郎が呟くように漏らした。

三

この日の昼過ぎに幹次郎が一力茶屋に顔を出すと、すでに旦那衆は顔を揃えて祇園会と呼ばれる祇園祭の仕度の進行具合を話し合っていた。幹次郎はそっと二階の座敷に入り、端に座して一同に会釈をすると話に聞き入った。

祇園感神院の祭礼は元々祇園御霊会と呼ばれ、すでに千年近い歴史を持つとか。

貞観十一年（八六九）に京の都をはじめ、諸国六十六国に疫病が蔓延したとき、平安京における内裏の広大な庭である神泉苑に当時の国の数六十六にちなんで、六十六本の鉾を立て祇園の神を祀り、神輿を各地に送って災禍の鎮圧を願ったことが始まりであった。

祭礼は、五月二十日の「吉符入」の行事に始まり、六月晦日の「夏越祓」を

もって幕を閉じるまでひと月余にわたる神事、行事が催されるそうな。
かようなことを幹次郎は、若い禰宜たちとの食事の間に聞かされていた。それ
にしても千年近くも前に始まり、ひと月余も神事・行事が続く祭礼の規模には驚
かされた。

祭事は祇園感神院が司るが、祭礼の行事部分は町衆が関わって進めていく。ゆ
えに一力茶屋の旦那衆の集いが定期的に催され、祭礼の仕度をなすと同時にそれ
に関わる差し障りなどを話し合っているのだ。

幹次郎は座敷の隅に座して祇園祭の仕度を確認する話し合いを聞いていた。
祇園界隈は、六月の祭礼ひと月のために一年が存在すると言っても過言ではな
い、と幹次郎は思った。熱心な話し合いの大半は、理解のつかないことばかりだ
った。だが、こうやって祇園祭の仕度から知ることによって、

「祇園」

を少しずつだが、理解することになると幹次郎は己に言い聞かせていた。

この日、一刻余にわたり祇園祭の仕度の進行具合が確認されたあと、休憩に入
り、新たに茶が供されることになった。その折り、女将の水木といっしょに麻が
茶菓を運んできた。

「麻様は、はや一力はんの勤めの段取りに慣れてはりましたかな」

と河端屋芳兵衛が茶碗を手に麻に問うた。

「いえ、河端屋の旦那はん、未だ慣れしまへん」

「京言葉も上手にならはりましたがな」

三井越後屋の大番頭与左衛門が笑みの顔で言った。そして、集いを座敷の隅で聞いていた幹次郎に、

「神守様も清水寺の老師はんと朝の勤行を続けてはるそうやな」

と質した。

「老師に京を見舞った大火事について教えられまして、老師が日に三遍大火事で身罷られた人の供養と洛中の復興を願って読経されておられる傍らで合掌しているだけです」

「天明の大火事やな、感心なこっちゃ」

と揚屋を営む一松楼数治が言った。

この一力茶屋の近くで料理茶屋と仕出し屋を代々続けてきた中兎の瑛太郎は無言だった。

幹次郎は最前より旦那衆の話を聞きながら、奥歯にものが挟まったような違和

を感じていた。旦那衆の間になにか秘めごとがあった。だが、それがなにか、あるいは幹次郎の思い違いなのか、決め切れなかった。

「ご一統、内緒の相談ごとがおます。少しばかり時を貸してもらえまへんか」

と言い出したのは一力の次郎右衛門だ。

その言葉を聞いた一同が頷き、水木と麻が座敷から立ち去った。幹次郎も座を外したほうがよかろうと、傍らに置いた助直を手にした。

「神守様、あんたはんはこの場に残ってくれしまへんか」

次郎右衛門が幹次郎を引き留めた。

幹次郎は上げかけた腰を下ろした。すると、

「神守様、うちらの近くに寄っとくれやす」

と五人の旦那衆の円座の一角を指した。

幹次郎は命じられた席近くに座を移した。それを待って次郎右衛門が、

「うちらには一昨年来の懸案がおますな」

と言い出した。残りの四人が、

「うむ」

という顔をしたが、

「あの一件になぁ、神守様の力をお借りしたらどないやろて思うたんや、どないどっしゃろ」

「一力はん、うちらが一昨年来どうにもならんことを数日前に会ったばかりの江戸のお方に願うと言わはるんか」

中兎の瑛太郎が疑問を呈した。

「瑛太郎はん、うちはな、この時節に吉原会所に所縁のあるおふたりが京に見えたんはさだめやと思てますんや」

「けど、京の右も左も分からんお方やないか」

と一松楼の数治が案じ顔で言った。

「まあ、うちの話を聞いとくれやす」

と前置きした次郎右衛門は、幹次郎が舞妓と芸妓を酔った武士三人の悪戯（いたずら）から助けた一件など、この数日の間に起きた騒ぎを語った。なにか言いかけた四人を制した次郎右衛門は、

「うち、清水寺の羽毛田老師にお会いしましたんや。それでな、なぜ老師が神守様に関心を寄せられたか、お尋ねしたんどす」

「なんと申されましたな」

三井越後屋の大番頭与左衛門が合いの手を入れるように質した。

「神守様の旧藩の家来はんがな、三人の用心棒を雇われて神守様を斬ろうとした場に老師は行きおうたそうや。その一部始終を見はってな、神守様の落ち着いた対応に今どき、かようなお侍はんがいはるんかと感心しはったそうどす」

と前置きした次郎右衛門はその模様を克明に語った。他の旦那衆は次郎右衛門の話がどこへいくのか気にかけていた。

「そのあとな、うちは一之船入の旅籠たかせがわまで足を延ばしましてな、主の猩左衛門はんと、江戸の三井越後屋のご隠居楽翁はんにお会いしましたんや」

「なんと早手回しやな」

河端屋芳兵衛が感嘆した。その口調には次郎右衛門の話に関心を寄せているのがありありと感じられた。

幹次郎も一力の次郎右衛門の話に驚いたが、平静な顔で無言を貫いた。

次郎右衛門は猩左衛門の話に加えて、楽翁から聞いた吉原会所の神守幹次郎の来歴を淡々と語った。

次郎右衛門の長い話が終わったとき、場に沈黙があった。旦那衆の四人はそれぞれの立場で考えを巡らしていた。

最初に口を開いたのは一松楼の数治だ。

「吉原会所の裏同心なるお方は、なかなかの剣術の遣い手にして凄腕とは聞いておりましたがな、まさかこのお方がただ今の七代目四郎兵衛はんの跡継ぎやなんて知りまへんでしたがな」

「一松楼はん、江戸の三井越後屋のご隠居はんが強調されたんは剣の腕前やおへん。信頼に足る人柄やと幾たびも繰り返されましたがな」

沈黙のままに旦那衆の視線が幹次郎に集まった。

「旦那衆に申し上げます。それがしは吉原会所の跡継ぎと決まったわけではござ
いませぬ。神守幹次郎、ただ今京にあるのは一介の修業者としてと思うてお付き
合いくだされ」

「なんのための修業どす、神守様」

と中兎の瑛太郎が質した。

「吉原の向後のことを思うてのことでござる」

「吉原会所の一介の奉公人が考えることやおへんな。あんたはんはすでに吉原会
所の八代目頭取として、吉原を考えて京に来たんとちゃいますん」

と今度は数治も言い添えた。

「当代の七代目に京行きを願った折り、さような考えがなかったと申せば嘘にな

りましょう。されど吉原会所とて五丁町の名主の総意がなければ、吉原と関わり

なき余所者が八代目に就くことは叶いませぬ」

「神守様、京滞在が無益に終わることも覚悟してはりますんか」

と与左衛門が訊いた。

「一年後、それがしが江戸に戻って吉原会所に帰ることは五分五分と申し上げた

いが、三分か四分ほどでございましょうか。先々のことを案じてもしようがあり

ません。それはそれでよし、と肚を括って京に参った次第です」

「なんで神守様は吉原会所に一身を捧げはるんやろか」

河端屋芳兵衛が首を傾げながら尋ねた。

「それがし、吉原会所に、七代目頭取の四郎兵衛様に恩義がござる。ゆえに命を

懸けても四郎兵衛様の命を全うしてきただけです」

「恩義とはどないなこっちゃ」

と数治が質した。

幹次郎はしばし思案した。すると、

「うちは承知や」

と次郎右衛門が言い出した。

「神守様は、西国の大名家の家来やったそうや。どこも大名家は苦労してはりますな。それは京にいても想像がつきます。幼馴染の女子はんが借財のかたに上役の女房にならざるを得なかったんや。人妻にならはった女子はんの手を引いて藩を抜けはったんやて。武家方の仕来たりでは、女房を寝取られた主は、神守様と女子はんを討ち果たさんとお家は断絶どす」

「妻仇討(めがたきうち)やがな」

と瑛太郎が応じ、

「そうや、妻仇討の追っ手がかかる厳しい道中を神守様と女子衆は十年も続けはって、吉原会所の庇護の下に入りはってな、その藩との手打ちがようやく成ったそうや」

「神守様、真(まこと)に女子はんと十年も妻仇討の手を逃れて諸国を旅しはったんどすか」

とさらに幹次郎に問うた。

幹次郎は静かに頷いた。

「十年も刺客に追われる道中がどんなものか、うちらには想像もできひん。神守

様の家系は上士ではなかった。同じ身分の女子はんが借財のかたに身売り同然
に上役の女房にならされたほどの下士の身分やったそうな。路銀とて満足にない
妻仇討の十年がただ今この場にいはる神守幹次郎様の人柄を造り上げたんではあ
らへんやろか。清水寺の老師や祇園社の彦田行良執行はんの心を動かしたんとち
ゃいますやろか」

と次郎右衛門が語り終え、

「神守様、許しもあらんと勝手なことを喋りました。たかせがわの主はんと江戸
の三井越後屋のご隠居はんから聞いた話やさかい、ちゃうとこがあったら堪忍し
とくれやす。うちはな、吉原会所の七代目頭取四郎兵衛はんがこの神守様に会所
の行方を託されたんをおふた方の話を聞いて信じましたんや。神守幹次郎様のこ
ともな」

しばし間があったあと、

「吉原会所もうちら祇園の花街もある点ではよう似た現況に置かれてまへんか」

「与左衛門はん、先行きが見えんところはいっしょや。江戸の吉原は余所者の神
守様にこれからの吉原を託されてこの京に送ってこられた」

「そういうこっちゃ、次郎右衛門はん」

河端屋芳兵衛が応じ、

「一力はん、あんたはんは神守様と麻様にこの祇園の内側を見せる代わりに、うちらの前に横たわる例の一件の解決を願おうと考えてはるんか」

とさらに一歩踏み込んで次郎右衛門に問うた。

「今年の祇園会までもはや日にちの余裕はおへん」

次郎右衛門が言い、一同が頷いて、幹次郎を見た。

「ご一統様はこの神守幹次郎を買い被っておられます。なによりそれがしはこの祇園のことを何ひとつ存じませぬ。ご一統様の前にどのような差し障りが横たわっているか知りませぬが、京のことも知らぬそれがしひとりにできることはなかろうと存じます」

「神守様、うちらがあんたはんに事を分けて話し、あんたはんがうちらの手助けをしようと申されるならば、うちらも神守様の修業の手伝いは力を惜しまんとやらしてもらいまひょ」

と次郎右衛門が言い切り、

「神守様、あんたはんの決心次第でうちらも全力を挙げていっしょに戦いますがな。うちら、千年の祇園御霊会を脅しで失いとうおへん」

と与左衛門が言い添えた。

幹次郎は思案した。長い沈思であった。

「ご一統様、お話を聞かせてもらうことができましょうか」

「話を聞きはったら、手を引くことはできまへんえ」

一松楼数冶が幹次郎の顔を見ながら言い放った。

「相分かりました。ご一統様が命を懸けてと申されるならば、それがし、神守幹次郎も一命を懸けて動きます」

と幹次郎は言わざるを得なかった。この一事を成し遂げるかどうかに、幹次郎と麻が京に来た命題が成し遂げられるかどうかがかかっていると思ったからだ。

話し合いはそれから一刻ほど続いて、旦那衆も幹次郎もそれ以上思案ができぬほど疲れた。

「神守様、次の機会までなんぞ思案があればうちらに言うてくれしまへんか。うちらは、神守様の考えと真剣に向き合いますよってにな」

と次郎右衛門が幹次郎に言い、幹次郎が頷くと、

「それがしのほうからひとつだけお話ししておくことがございます」

と前置きして祇園社の神輿蔵の部屋に置かれた警告文のことを告げた。

どことなく和んでいた旦那衆の顔つきが険しく変わった。

「京に長居するを許さじ、どすか。神守様、その警告の文、けわ
た」

与左衛門の問いに幹次郎は懐の財布に入れていた文を与左衛門に渡した。それ
を見た与左衛門が次郎右衛門に渡し、

「どうやら、相手も神守様のことを気にかけてはる」

と呟いた。

「ならばうちらは最初から同じ立場にあったんとちゃいますやろか」

「瑛太郎はん、そういうこっちゃ」

「うちらの絆は固まったということや。次の集いから神守幹次郎様は、うちらの
仲間の一員や、それで宜しいな」

と次郎右衛門が言い、一同が頷いた。

「本日は長い集いどしたな、けど、その甲斐があったんとちゃいますか」
かい

「そや、半歩前進や。江戸の吉原と京の祇園が手を結んだんやからな」

と言いながら集いは解散した。

次郎右衛門と幹次郎のふたりだけが残った。

「祇園社の祭礼を手助けする名目で百年以上も前から代々旦那七人衆が集ってこられた。ただ今は五人衆になられたのですが、おふたりを補うこととはお考えになられなかったのですか」

と幹次郎が最前聞かされた話を念押しするように尋ねた。

「思案しました。けどな、どなたもなり手がおへん。また軽々しゅう言えしまへん」

「最前聞きそびれましたが、四条屋と猪俣屋の旦那おふたりの殺しのお調べはどうなりましたので」

と答えた次郎右衛門が、

「四条屋儀助はんの喪も明けんうち、一年後にまたうちら旦那七人衆のひとり、この界隈の地主猪俣屋候左衛門はんが殺されたんや。ふたりして祇園会の始まりの吉符入の前夜五月十九日でしたがな、今年もまた三人目が出えへんとだれが言えますかいな」

「最初のな、四条屋儀助はんの亡骸が白川の流れで見つかったんは、吉符入の朝のことや。京都町奉行所に届けが出されましたがな、祭りと重なってな、きちん

とでけへんどした。ために懐の金子目当ての辻斬りとちゃうやろかということになりましてな。調べが進みまへん。去年の猪俣屋の旦那が同じようなひとに突きで刺殺された傷を見てな、この凶刃はうちらに向けられたものやと、初めて気づかされたんどす。今年の吉符入の前夜、うちが殺されても不思議はおへん」

と次郎右衛門が言った。

「町奉行所のお調べは進んでおりませぬか」

「さあてな、町奉行所では祇園内部の仕業やないかということで、うちらにはよう話をしてもらえまへん」

「次郎右衛門様、それがしが京都町奉行所のお役人と会って話を聞いて宜しゅうございましょうか」

「どなたか知り合いがいはりますか」

「目付同心の入江忠助どのとはいささか縁がございます。本日もこちらに来る前に白川側（ほり）の禁裏門外一刀流道場でお会いしました」

「おお、神守様と麻様が鴨川で襲われた夜、駆けつけてきはったのが入江様どしたな」

「はい。それがし、この界隈に剣道場があるとは知らず、さるお方に聞いて訪ね

たのです。まさか入江どのが道場の門弟とは存じませんでした。ともあれ探索が
どこまで進んでおるか、差し障りのないところだけでも話してくれるかどうか試
してみとうございます」

しばし次郎右衛門が間を置いて考えたあと、言い出した。

「この一件、最前、うちらと神守様の間で合意が成りましたな。神守様のやり方
でお調べしておくれやす」

「ならばそうさせてもらいます」

「神守様、うちであれ、だれであれ、なんとしても三人目の犠牲は防ぎとうお
す」

「次郎右衛門様方には、かような真似をなす輩に心当たりがあるのではございま
せんか」

幹次郎の問いにしばし間を置いた一力の主の次郎右衛門が、

「神守様が入江同心と会ったのち、話させてもらいます」

とこの場で口にすることを拒んだ。

四

その翌朝、神守幹次郎はいつものように清水寺の老師の読経に従い、音羽の滝で産寧坂のお婆とおやすの水汲みをなしたあと、茶店までいっしょした。だが、この朝は、日課の茶を喫することなく祇園へと下った。そして、白川沿いにある禁裏門外一刀流の道場を訪ねた。

京都町奉行所の入江忠助に会うためだ。

多忙な身の入江が毎朝稽古に通っているとは思えなかったが、入江と会うのは道場しか思いつかなかった。むろん京都町奉行所を訪ねれば、会えないことはあるまいが、ただ今のところ幹次郎と入江の付き合いは個人的なものに留めておきたかった。なにより道場のほうが早く入江に会える可能性があった。そこで朝稽古の観音寺道場を訪ねることにしたのだ。

「おお、参られたか」

昨日道場破りと対戦した師範の伊奈埼が幹次郎を笑顔で迎え、

「昨日は世話になった。本日は道場主の観音寺先生も稽古の指導に出ておられる

で、紹介しよう」

と幹次郎を道場主観音寺継麿のもとへと連れていった。

初老の観音寺は穏やかな顔立ちで、剣術家というより公卿の風貌を幹次郎は想起した。すでに幹次郎のことを門弟たちから聞き知っているのか、

「神守どの、昨日は大いに世話になったそうな、礼を申します」

と丁寧な言葉を幹次郎にかけてくれた。

「いえ、観音寺先生のお留守にお邪魔し、その上お許しもなく余計な節介を致しました。お詫び申し上げるのはそれがしのほうです。神守幹次郎と申します。改めて観音寺先生にお願い致します。京にいる間、道場の稽古にご門弟衆とごいっしょさせていただけませぬか」

と幹次郎も丁重に願った。

「師範らから昨日の様子は聞かされました。もはや神守どのは、わが道場の門弟の務め以上の行いを果たされたのです。すでに門弟の一員にござろう。うちの道場では物足りないかもしれませんがな、客分格としてぜひ毎日稽古に通ってきてくだされ」

と快く客分として道場で稽古することを許してくれた。

入江忠助の姿はなかった。

幹次郎は、道場に用意されていた稽古着を借り受けて、道場の隅で素振りを始めた。その様子を門弟衆がちらりちらりと見ていた。

体の筋肉が解れたとみたか、師範の伊奈埼六兵太が、

「神守どの、ご指導を願えぬか」

と申し出た。

「師範にご指導などできましょうか。宜しく稽古の相手を務めさせてください、お願い申す」

「神守どの、稽古の前に訊いておきたい。昨日のそなたの剣術は西国薩摩の御家流儀と思えたが、そなたは薩摩剣法を学ばれたか」

と尋ねた。

「師範、昨日は無頼の道場破り相手ゆえ、あのような真似を致した。それがし、薩摩とは関わりがござらぬ。同じ西国ながらさる小藩の下士の家柄でござってな、上士の稽古する藩道場では稽古は許されていなかった。ゆえに城下を流れる川の河原がそれがしの独りだけの稽古場でござった。あるとき、いつものように独り稽古をしておりますと、初老の剣術家がそれがしの稽古を見て呆れたか、薩摩剣

法の基を教えてくれました。その流浪の名も知らぬ剣術家から教えられた薩摩剣法がそれがしの初めて接した流儀にござった」

「ほう、流浪の剣客に薩摩剣法をな」

「以後、独り稽古で剣技を身につけたころ、故あって藩を離れることになりました。以後十年、諸国を放浪致し、その土地土地で学んだ剣術を加えて、それがし独創の剣技となりました。ゆえにそれがしの剣術は何流と名乗るほどのものではございません」

と幹次郎は手短に説明した。

「十年の放浪の旅で学んだ剣術な、まるで武者修行ではござらぬか」

「武者修行というほど大層な旅ではござらぬ」

妻仇討として追っ手がかかって汀女とともに必死で生き抜いてきた流れ旅であった。だが、さようなことはわずか二度会っただけの伊奈埼六兵太に話すことではなかった。それでも、伊奈埼は幹次郎に関心を示したように、

「尋ねてよいかな」

と許しを乞うた。

「どのような問いにございましょうか」

「それがし、神守どのは修羅場を潜った経験が数多あるように存ずるが、この件
いかに」

「江戸にてのそれがしの務めはいささか変わっておりますゆえ、さようなことを
避けては通れませぬ」

「務めがいささか変わっておりますか」

「師範、この話をしようと思うと長くなり申す。稽古を致しませぬか」

「おお、そうじゃ、それが眼目であったな。京にはどれほど逗留なされるな」

「およそ一年かと存じます」

「相分かった。ならば一年かけて神守幹次郎どのの武者修行といささか変わった
奉公のこと、お聞き致そう」

と伊奈埼が竹刀を手に幹次郎との間合を取った。

昨日、幹次郎が道場破り三人を一瞬にして叩きのめした剣術を見て、伊奈埼は
幹次郎よりも己の技量が下位と悟っていた。ゆえに幹次郎に指導を求めるように、

「参ります」

と発すると正眼の構えから間合を詰め直して、面打ちの連打を開始した。なか
なか稽古を積んだ面打ちだが、気負いがあるゆえ、上体と足の動きがいささか

み合っていなかった。

幹次郎は伊奈埼の連打を受け流し、ときに反撃を織り込んで緩急をつけた打ち合いを続けた。

四半刻も打ち合いを続けたころ、伊奈埼の腰が浮き、足の動きが乱れてきた。

そして、入江忠助が道場に入ってきたのを目の端に留めた。

幹次郎は必死の力を振り絞って打ち込んでくる面打ちを受け流すと、さあっ、と竹刀を引いて、

「お相手有難うございました」

と礼を述べた。

「か、神守どの、お、お話にもなにもなりませぬな」

と伊奈埼はほっとした表情を見せた。

入江忠助が道場主の観音寺と見所の前でなにごとか話していたが、打ち合いが終わったのを見て、ふたりを手招きした。

「どうでした、師範」

「どうもこうもございません。神守どのは巨岩の如く泰然自若、それに比べてそれがしは、巨岩の周りを飛び回る蠅でござる。入江忠助、そなた、どえらい人

物と知り合いだな」

「師範、それがし、このお方の真剣勝負の場に行き合わせたのが最初の出会いでした。そのお方がまさかわが道場に参られるとは驚きです。ともかく師範の歯が立たぬお相手です。それがし、稽古など決して求めません」

と苦笑いした。

「わが門弟どもの情けなきことよ。入江、そのほうが神守どのと知り合いなれば、稽古をつけてもらえ」

と師匠に命じられて、

「恥をかくのを承知で稽古ですか。致し方ございませんが、せめて神守さんとの稽古が終わったとき、自分の足で立っておりたいもので」

と言いながら、

「神守さん、ご指導お願い致します」

「こちらこそ」

入江忠助は粘り強い攻めと守りを見せ、なかなか攻め巧者だった。職掌（しょくしょう）から、刃物を持った無頼者と渡り合わねばならないのだ、道場稽古だけではない、修羅場のコツを身につけていた。

こちらも四半刻ほど経ったとき、入江忠助のほうから身を退いて、

「なんとか二本足で立っておられるのはこの辺が限界です。ご指導、有難うござ

いました」

と幹次郎に言った。

「いえ、入江どのは最後の技を出してはおられませぬ」

「とんでもない。これ以上は御免被ります。御用に差し障りがありますでな」

と言い訳した。

「入江どの、稽古のあと、ご相談したき儀があるのですが、時間はございましょ

うか」

と幹次郎から願った。

「神守さんの相談ですか。厄介そうですな」

「厄介なれば話を聞いていただくだけでも結構です」

「いよいよ怖い」

と言いながらも入江忠助は受けた。

幹次郎はそのあと、門弟衆相手に一刻ほど汗を流してこの日の稽古を終えた。

ふたりは、入江が知り合いの茶屋の縁台に座して対面した。ふたりの横を白川が流れて、せせらぎの音が心地よく耳に聞こえた。

「神守さんの話、それがしが当ててみましょうか」

幹次郎は笑みの顔で頷いた。

「祇園の旦那七人衆の話ではございませんかな、ただ今は旦那五人衆に減っておりますがな」

「さすがに餅は餅屋ですな」

「なんのことはありません。神守さんが一力の集いに呼ばれていると聞きましてな、いずれ相談がいくと思うておりました」

京都町奉行所目付同心の入江忠助は、過日の鴨川河原での出会いのあと、神守幹次郎と麻が京に来た理由などを調べたのだろう。

「それにしても、江戸の吉原会所の凄腕裏同心どのが吉原から追放になった噂の陰で、この京の祇園の花街のことを調べておられるとは。吉原でなにが起こっておるのですか」

「吉原の向後百年と言いたいですがな、少なくとも吉原の十年後を考えて、それがしと麻がこの京に修業に参ったのです」

「祇園界隈でさような噂が流れてますな、真ですか」

入江忠助の問いは険しかった。

「むろん真です。それほど吉原の商いは厳しいのです」

「老中松平定信様のご改革、緊縮政策のせいですかな」

「それも曰くのひとつでしょう。されど、それがしは吉原が過ぎ去った百年、一夜千両とか称される好景気に胡坐をかいてきたツケが回っておると考えております」

「神守さん、それはこの京の花街とて同じことですぞ」

「吉原の手本となった島原を一夜見て、吉原の数年後かと思いました」

「で、祇園界隈の花街に狙いを変えられましたかな」

幹次郎は頷き、

「われらに与えられた歳月はたったの一年でござる」

「それで祇園の旦那衆の集いに顔を出されましたか」

「およそそんなところです」

と応じた幹次郎は、

「祇園にはわれらが学びたきことが、あれこれあるように思えました。ゆえに義

妹の加門麻は一力亭のご厚意で女将水木様つきの奉公人として一から京の花街を学んでおります」

「で、神守幹次郎さんはどこへ狙いを定められましたな」

「それがしが祇園感神院の神輿蔵住まいということは、入江どのもすでに承知でしょう」

「驚きました」

と入江が正直な返事をした。

幹次郎は京入りしてからの行動をざっと入江に話した。

無言で話を聞いていた入江が、首を幾たびか振った。

「呆れましたな、京に初めて来た江戸者が祇園社の執行彦田行良様や清水寺の羽毛田亮禅老師と知り合いになり、親交を深めておるなど、一介の町奉行所同心には思いもよらぬことですぞ。どのような手妻を使われましたな」

「手妻を使う芸など持ち合わせておりません」

「あのおふたりが益体もない手妻などに騙されるわけもなし、神守幹次郎と申す御仁の人柄でござろうかな」

幹次郎はなにも答えない。

茶菓が運ばれてきてふたりは茶を喫した。

沈黙の間が続いた。

「入江どのが申されるように祇園感神院を支える町衆の旦那七人衆がこの二年で五人に減った」

「その経緯を承知のようですな」

「一昨年五月十九日、祇園の祭礼が始まる吉符入の前夜、老舗の呉服屋四条屋儀助様が殺され、翌朝に白川の流れに浮かんでいるのが見つかった。祭礼を支える旦那衆のひとりが亡くなったのは大事ですが、すでに始まった祭礼の最中です。その折りの探索はどこまで進んだのか、のちの話によれば辻斬りの仕業ということで、一応の決着はついたそうな」

幹次郎は一力茶屋の次郎右衛門に聞かされた話を告げたが、入江忠助目付同心はなにも口を挟まない。

「ところが一年後の昨年、吉符入の前夜、祇園門前町の大地主猪俣屋候左衛門様が四条屋の儀助様と同じような殺され方をして白川の流れで骸が見つかった。それも旦那七人衆が立て続けに殺されたのです。もはや、辻斬りが金子目当てに殺したとは、だれも考えます

まい」

幹次郎の言葉に入江同心が首肯し、

「この話を神守さんが聞かされたのは旦那五人衆の集いの場ですかな」

と問い返した。

「詳しい話は集いが終わったあと、一力亭の主どのがそれがしに話してくれました」

「祇園感神院の祭礼を支える旦那七人衆のうち、ふたりが一年を置いて殺された理由はどこにあるか、次郎右衛門の旦那は神守さんに話しましたかな」

「いえ、それがしが入江同心に会うと申したところ、そのあと、話すと約定されました」

「ということは、それがしが探索の模様を神守さんに話さないかぎり、そなたは無益な日にちを浪費するということですかな」

入江同心の言葉に幹次郎は頷いた。そして、

「祇園は京の中でも特別な絆を持つ界隈です。江戸から派遣された京都町奉行の下で働く同心などが立ち入ることなど以ての外です。いえ、旦那衆にしても町衆は愛想のよい笑みの顔で応じてはくれます。されど、顔と肚は別物です」

「と、江戸で聞かされてきました。ですが、どなたもわれらに親切でございました。これもまた京風の挨拶でございましょうかな」

「神守さんと義妹の麻さんですか、おふたりは格別と答えたいのですが、一同心風情には否とも諾とも言い切ることができません」

と応じた入江が、

「正直、四条屋儀助の旦那が突き殺されたとき、われらは辻斬りの仕業と仮定して祭礼第一に事を進めてきました。傷口ですが、細身の直刀での、見事なひと突きです。心臓を貫いています。ついでに申しますと、かなりの金子が入った財布はそのまま懐に残っておりました」

「ということは金目当ての辻斬りではない」

「襲われたのは白川に架かる巽橋、四条屋の旦那は突かれた勢いで白川に落ちたために金子を抜き取ることができなかった、と奉行所内部では解釈する同輩もおりました。一昨年の祇園会が終わったあと、奉行所では役人を総動員して四条屋儀助殺しの探索を改めて開始しましたが、祇園の旦那衆の口は堅く、有力な手掛かりは得られませんでした」

ふっ、と入江同心が息をした。

「昨年の吉符入の朝、白川で祇園旦那七人衆のひとり、大地主の猪俣屋候左衛門が同じ手口で突き殺された亡骸が発見されたとき、祇園に衝撃が走ったそうですが、われら京都町奉行所も最悪な事態に見舞われました。四条屋の儀助以上に慎重な検視と探索を始めましたが、祭礼を中止にするわけにはいきません。祭礼の神事と行事の間にわれら駆け回りましたが、たしかな証しも下手人像も浮かんできませんでな、ただ今に至りました」

と入江同心がいったん話を終えた。

「今年の祇園の祭礼までさほどの時は残されておりません。奉行所では三人目の犠牲が出るのではと考えておられますか」

「それがいちばん恐ろしいのです。言い訳になりますが、この一件に関して祇園界隈の人々の口はなんとも堅いのです」

と言った入江同心が、

「ひとつだけ伝えておきます。この続いた旦那衆殺し、天明の大火と関わりがあるのではないかと推察されることです」

「大火事とですか」

「四条屋儀助と猪俣屋候左衛門のふたりのもとへ、殺しの前に脅しの文が届いて

いたのです。この一件はさすがに旦那衆も知りますまい。奉行所が双方の脅しの

文をそれぞれの家から見つけて奉行所に保管してございます」

と入江が言った。

幹次郎は吉原ばかりが危難に見舞われているわけではない、京の祇園にも得体

の知れぬ手が伸びているのかと心中暗澹とした思いに囚われた。

第四章　魔の手

一

江戸吉原。

四郎兵衛は、不忍池の水茶屋で俵屋の女衆頭のおとみから聞いた話を幾たびも吟味した。

おとみが老舗の大籬俵屋萬右衛門の様子が変わったと思うのは、およそふた月半前、今年の松の内が明けた前後だという。

萬右衛門と倅の太郎兵衛が帳場に籠って長いこと話をしていた。あとで考えればそれが俵屋を襲った、

「異変」

をおとみが初めて感じた瞬間だった。

萬右衛門と太郎兵衛は実の父子だ。

太郎兵衛とおなかの倅夫婦は子供五人とともに金杉村の御寮に住み、太郎兵衛が通いで吉原に出勤していた。

俵屋の跡継ぎは当然太郎兵衛と俵屋の奉公人は信じていたし、父子の間には小さな諍いひとつなく、俵屋の経営は円満に行われていた。

この父子の話し合いのあと、萬右衛門と太郎兵衛は暗い顔つきに変わり、ちょっとした諍いでも感情をむき出しにするようになった。本来、萬右衛門は穏やかな気性で抱えの遊女や奉公人の男衆や女衆を声を荒らげて叱ることはなかった。それが苛立って些細なことに大声を上げるようになった。

俵屋の遊女は他の妓楼と異なり、張見世に出ることもなかった。それは一見の客を楼に上げるなど金輪際なかったからだ。常連の上客が引手茶屋などを通すことなく、俵屋の暖簾を直に潜って遊んだ。そして、常連客の強い推挙がなければ俵屋の新たな客になることは叶わなかった。

遊女衆の稼ぎ頭は、花春だった。薄化粧に素人っぽい季節の着物で派手な宴などは行わず、客と遊女はひっそりと座敷で過ごすことが多かった。遊女衆も俵屋

独特のやり方を、

「よし」

として客に接していた。

本来官許の吉原の大見世は、日常とは異なる遊びを究極まで追求してきた結果、吉原独特の習わしや仕来たりが出来上がり、客との間には、

「張りと粋」

の世界が出来上がっていた。

その象徴が仲之町の花魁道中だ。

「性」

を買うことが客の究極の目的だが、そのことを花魁道中の華やかさが糊塗していた。

　一方、俵屋はそのような習わしや仕来たりには背を向けて、ひっそりと俵屋の中だけの悦楽の商いが成り立っていた。それだけに俵屋は親密な雰囲気の中に客と遊女の間柄があった。むろんひとりの遊女は何人もの相客など取らず、ひと晩ひとりの客への奉仕に専念した。このようなやり方を好むのが俵屋の客だった。

そんな雰囲気ががらりと壊れた。

長年の馴染のひとりが室町の小間物問屋山城屋志乃吉だった。この志乃吉が萬右衛門と太郎兵衛父子に新たな客、京に本店を構える袋物屋美濃屋の若旦那小太郎を推挙したのは去年の仲冬、師走を前にしたころだった。

俵屋では父子が山城屋志乃吉と幾たびか話し合い、俵屋の新しい客として美濃屋の小太郎を受け入れることにした。

美濃屋小太郎は三十前の男盛りで、面立ちも優しげに見えた。この小太郎を相手にしたのは俵屋の売れっ子のひとりで十九歳のお涼だった。お涼は小太郎と床入りをした当初、本気で小太郎に惚れる様子を見せた。

他の楼では遣手と呼ばれる女衆頭のおとみがお涼に忠言したのは当然のことだ。

その折り、お涼は素直に、

「はい」

とおとみの忠言を受け入れたふりをした。だが、その後もお涼は美濃屋の若旦那の手練手管に深間に嵌っているかに見えた。そのことに気づいたおとみは角蔵と相談して、萬右衛門に伝えた。

「お涼が新規のお客と深間になったと言いなさるか。美濃屋の若旦那はお涼を落籍して嫁にでもしようと思うておられるか」

「さて、それは」

と角蔵が首を捻った。

「分からないか。美濃屋の若旦那は山城屋志乃吉さんの口利きでしたな。もう少し様子をみてみませんか。山城屋の顔を潰すようになってもなりませんからな」

と萬右衛門が判断を下した。

年末年始とあってその話は俵屋では忘れられた。

「松の内が明けてしばらくしたころのことです。山城屋の旦那が血相変えて楼に来られて、萬右衛門の旦那と太郎兵衛さんと内談されました。私が勝手に用事があって閉め切られた帳場の前を通ったとき、こんな問答が漏れ聞こえました

……」

「……な、なに、美濃屋の若旦那は別人と言われますのか、山城屋さん」

「真に言い難いことながら、美濃屋とは、もともと商いの付き合いはありません。ところが、これが美濃屋の若旦那だと、とあるお武家様から紹介されましてな、互いに京が本店ということもあり、親しく口を利くようになったのです」

「それがじつは美濃屋の若旦那ではなかったと申されますか」

萬右衛門の問う声には当惑があった。

「偶々美濃屋さんのお店の近くに御用がありましてな、挨拶に立ち寄らせていただきました。すると出てこられた若旦那の小太郎さんは、私の知る小太郎さんとは似ても似つきませんでな」

「……そんな話が耳に入りましたんです。その日、山城屋の旦那とうちの旦那らとの話にどう決着がついたか、私も角蔵さんも分かりませんでした。その次の日から、うちの若旦那が三日ばかり楼を休まれました。その上、萬右衛門の旦那も女将さんもなにかに怯えておられる様子でした。事があったとしたら、そのときって角蔵さんと何度も話しました」

とおとみの話が終わった。

四郎兵衛はおとみの話を思案して尋ねた。

「偽の美濃屋の若旦那の小太郎は、山城屋の旦那が俵屋に見えたあと、楼に来ましたかな」

「いえ、それがぴたりと楼には姿を見せなくなりました。山城屋の旦那が俵屋を訪ねたことを知ったからでしょうか。だとしたらどうやって知ったのでしょう

ね」

　とおとみが首を傾げた。

「俵屋のひと財産をごっそりと奪い去った連中ですよ、俵屋には昼夜見張りがつ
いていたということです。おとみさん、俵屋の一家が吉原から掻き消えたあと、
遊女衆も男衆も女衆もなにも知らされずに楼に残っていたそうですな。だれひと
りとして主一家が姿を消したあと、辞めた者はいませんかな」

「おります、ひとりだけ」

「だれですな」

「なんでも屋の男衆、ボケの安次郎が辞めました、というより姿を消しました」

「ボケの安次郎はいつから俵屋に勤めておりましたな」

「一年ほど前、口入屋からうちに奉公に来た男で、知恵足らずで口もまともに利
けませんがどんな仕事でも根気よくやりますんで、遊女衆にも奉公人にも可愛が
られておりました」

「その男が一味ですな」

「一年前からうちは狙われていたんですか」

「そう考えるほうが得心はいきますな」

と応じた四郎兵衛が、

「偽の美濃屋の小太郎にぞっこんだったお涼はなんと言うておりますかな」

「七代目、それですよ。小太郎がふいに登楼しなくなって、お涼は幾たびも美濃屋に宛てて文を認めておりました。そのことを楼主の萬右衛門様に告げたのですが、旦那のほうも心ここにあらずという風情でまともな言葉は返ってきません。私と角蔵さんが小太郎のことをお涼に話しますと、『そんな話は信じられません』と泣き叫ぶばかり、『お涼、遊女が客に惚れてどうする』と角蔵さんもきつい言葉で言い聞かせたのですが、お涼は私どもの言葉には一切取り合おうとはしませんでした。ところが美濃屋からお涼の出した文がすべて返されてきて、『そなたに美濃屋の小太郎と名乗った人物は、うちの小太郎とは別人、そのことをとくと楼主に訊きなされ』との文が添えられてあったそうな。もはやお涼も言葉もなく茫然自失しておりました」

とおとみが言った。

「偽の美濃屋の小太郎、遊女を手玉に取るほどの色事師ですな。俵屋さんもお涼も、山城屋の旦那も騙されたようですな」

と四郎兵衛はおとみに言いながら、俵屋が吉原の妓楼の中で独特の商いをして、

他の楼主や引手茶屋と付き合いがなかったことが仇になったと考えていた。大見世同士は五丁町の中では商売敵ではあったが、同時に吉原会所からもたらされる情報によって交流もあった。

俵屋は、狭い廓内にあって、その情報網の外に孤立していた。そこを突かれたのだ。この吉原会所にも分からぬように網が張られていた、四郎兵衛は弁解の余地がないと己を憎んだ、叱った、後悔した。

四郎兵衛は、おとみから話を聞いた翌日、身代わりの左吉と浅草並木町の料理茶屋山口巴屋で会った。左吉からの呼び出しであった。

左吉は先に来ていて、四郎兵衛が座敷に入ってきたのを見ると、

「七代目、厄介な連中が吉原に関心を示したようですな」

と言った。

「なんぞ分かりましたか」

「いえ、七代目に喜んでいただけるほど、大した話はありませんでな」

と恐縮そうな顔で言った。

「それでも私に会いたいと願われたようですな」

「元吉原以来の妓楼はもはやそう多くはございませんな。ですが、大楼となると何軒か今も吉原で妓楼や引手茶屋として商いを続けておられますな」

「はい、続けております」

「その老舗の中で一軒だけ、吉原の大籬とは思えない独特の商いをやっている妓楼があるそうな。昔から噂には聞いておりましたが、まさかと思うておりました。真にさような老舗があったのですな」

左吉の述懐とも問いともつかぬ言葉に四郎兵衛は軽く頷いただけで応じた。

「角町の俵屋さんだそうで。その俵屋さんが突然廃業したそうですな。やはり老中松平定信様の贅沢はならじ、節約しろという緊縮策が因で俵屋は廃業に追い込まれましたかな」

「俵屋さんの客層は代々限られた馴染客ばかりでございましたよ。官許の遊里、吉原の妓楼の中でも、お上のお触れがあって最も影響が少なかった妓楼ではないですかな」

「その老舗の妓楼が廃業とはどういうことでしょうか」

四郎兵衛はわずかな間を置いて、

「左吉さんに願ったのは、佐渡の山師荒海屋金左衛門が何者か調べてもらうこと

でしたな」

　四郎兵衛は左吉にわざと用事を思い出させようとした。

「へえ、四郎兵衛様はそう願われました。こちらの調べは正直進んでおりません。わっしが江戸で付き合う連中に佐渡の山師荒海屋金左衛門を知る者はひとりとしておりませんでな、この者が吉原を乗っ取ろうなんて話はヨタ話だとだれも真剣にわっしの言葉を聞いてくれませんでね」

「それは無駄足を踏ませましたな」

「いえ、そんなことはどうでもよいことですがな。わっしの知る仲間のひとりが、吉原で老舗の大籬が潰れたという噂をわっしに告げてくれました。そこでひょっとしたら、佐渡の山師の話とこの俵屋の廃業話はどこかで結びついているのではないかと思いましてな、忙しい四郎兵衛様をわっし風情からお呼び立て致しましたのさ」

と身代わりの左吉は四郎兵衛に、ふたつの話が結びついていないかと質した。

「さすがに左吉さんですな。俵屋の廃業話がすでに巷に流れ、左吉さんの関心を引きましたか。正直申しますと、佐渡の山師の荒海屋金左衛門の動きと、俵屋の廃業話は同じ時期としか分からず、俵屋を買ったのが荒海屋だという証しらしい

証しは見出しておりませんのさ。俵屋を狙ったのは、尾張町の美濃屋の若旦那小太郎でございましてな」

「尾張町の老舗の若旦那が吉原の大籬乗っ取りを企てたと申されますので」

左吉の問いに四郎兵衛が苦々しい顔で、

「それがな、俵屋も俵屋に口を利いた山城屋も小太郎の小細工に気がつきませんでしてな」

と言い放った。

「どういうことでございますか」

四郎兵衛は俵屋が一見の客は決して取らないことを左吉に告げた。

「張見世もなければ、花魁道中もなし、吉原の中でいちばん風変わりな妓楼商いだそうですな」

左吉の言葉に頷いた四郎兵衛が、俵屋の新規の客について分かっているところをすべて説明した。

「なんと、尾張町の袋物屋美濃屋の若旦那になりすまして俵屋の客になり、遊女を手練手管で惚れさせて、俵屋の内証を聞き出しましたか。それは色事師の手口ですな」

四郎兵衛が黙ったまま頷いた。

「七代目、改めてお訊きします。　佐渡の山師荒海屋金左衛門と俵屋の色事師は関わりがありましょうな」

「そこですよ、左吉さん。　未だ私どもが知らぬ一味の者たちが俵屋の乗っ取りには関わっておりましょう。今のところ色事師と荒海屋某は、どれほどの関わりか、色事師は遊女を籠絡して俵屋の内証を吐き出させただけか。　そもそも、荒海屋の一味とは言い切れませんでな……」

四郎兵衛が途中で話すのを止めた。

身代わりの左吉は黙ったまま、四郎兵衛が話し出すのを気長に待った。

「ただ今の吉原会所は大事な手駒が不在でな、この一連の騒ぎ、そう容易くケリがつくとも思えません」

「七代目、そやつらは神守幹次郎様の不在を狙って仕掛けてきたのでございましょう。ただ今の会所の面々で戦うしか手立てはございますまい。わっしは、どな た様の代役なども務められませんが、精々働かせてもらいます。なんでも命じてくだされ」

「その言葉、四郎兵衛、有難くお聞き致しました。　礼を申しますぞ」

「礼はこの騒ぎのケリがついた折りに頂戴しましょうかな」

と左吉が応じ、

「七代目、わっしの仕事柄、色事師を追うほうが未だ全容が見えない企ての核心に迫れるような気が致します。むろん、念頭には佐渡の山師の荒海屋金左衛門も決して忘れずに色事師に迫ってみとうございます」

「お願い申しましょう」

と答えた四郎兵衛が、包金ふたつを左吉の前に置くと、

「七代目、未だ五十両を預かるほどの仕事はしておりません」

と左吉が押し返した。

「左吉さん、おまえさんに話してないことがございます。俵屋の番頭の角蔵が私と会う約束の寿永寺の墓地で刺殺されておりましてな、この一味には殺しを屁とも思わない者たちが加わっております」

「なんと、すでに死人が出ておりますか」

「左吉さん、それよりな、俵屋の萬右衛門の孫ふたりが行方知れずになっております。俵屋がすべての身代をなくしたのは、孫ふたりの命を救いたい一心ではとも考えていますのさ。俵屋さんは身内想い、孫には廓で暮らさせずに金杉村の別邸

に住まいさせておりました、この点を狙われたと思うております。相手はただ者

ではございませんでな、この一件について、金子で購える話なればいくらでも用

立てします」

「お孫さんふたりは相手に捕われておるのですな、今も」

「俵屋さんは言いませんが、私はそう思うております。でなければかような仕儀

に陥るはずがない」

身代わりの左吉は無言で考えていたが、

「相分かりました。この金子、お預かりします、七代目」

と包金ふたつを懐に仕舞い込んだ。

「左吉さんに改めて言うこともないが、なんとしても神守幹次郎様が京から戻っ

てくるまで吉原を、会所を護っておきとうございますのさ」

「四郎兵衛様のお気持ち、この左吉重々承知しておるつもりです」

「頼みましたぞ」

四郎兵衛と左吉の話し合いが終わった。

左吉のいなくなった座敷で四郎兵衛が左吉とのやり取りを思い出していると、

廊下に人の気配がして、汀女が姿を見せた。

「四郎兵衛様、留守をしていて申し訳ありませんでした」

「行き違いになったようですね」

「玉藻様の気分はだいぶ宜しいようです。あと半月もすれば、四郎兵衛様の腕に初孫が抱かれておりましょう」

「そうでしたな、つい忘れておりました。世の中は悪いことばかり続くわけでもなし、よいことが繰り返されるわけでもない」

「いかにもさようでございます」

「汀女先生の言葉を聞いたところで吉原に戻りますか」

「駕籠を待たせてございます」

汀女が吉原から乗ってきた駕籠には金次が従っていた。

「番方の命か、金次」

「いえ、汀女先生の命でわっしが従わせてもらいます」

うん、と返事をした四郎兵衛が汀女に会釈を返して駕籠の人になった。

二

　神守幹次郎は禁裏門外一刀流の観音寺道場での稽古のあと、京都町奉行所目付同心であり観音寺道場の門弟でもある入江忠助と話し合った。その後、一力亭を訪ねて次郎右衛門に会うことにした。

　昼の刻限だ。

「入江はんは、うちらの仲間の四条屋儀助はんと大地主猪俣屋候左衛門はんの連続殺しの探索についてなんぞ話してくれはりましたか」

「真実の探索がどこまで進んでおるのか、それがしに話してくれませんでした。奉行所としてはなんとしても祇園の旦那衆三人目の犠牲を阻みたいと思っておることはたしかと感じました」

「四条屋はんと猪俣屋の旦那が殺された日くについてなんも触れなかったと言わはりますか」

「それがしに申されたのは、このふたりの旦那殺しが四年前の天明の大火と関わりがあると推量しているということだけです」

幹次郎の話を聞いた一力の次郎右衛門は思わず、ふうっ

と大きな溜息を漏らした。

「入江どの方の見方に思い当たることがございますか」

幹次郎の問いに頷いた。

「次郎右衛門様、となると旦那衆方は相手方の推量がついておるということですか」

「は、はい。いや、他の旦那衆には話してへんけど、うちはなんとのう」

と戸惑いながらも返事した。

「ふたりの旦那衆がなんぞの作為のもとに、殺されたのですぞ。町奉行所も旦那衆も当然のことながら口が堅うございますな。祇園の祭礼まであとふた月ほど。もはや手を拱いている場合ではございますまい」

幹次郎は次郎右衛門に強く主張した。

「その通りどす。けどな、神守様、うちら、残された五人の旦那衆の考えがまちまちどしてな、どうにもならしまへんのどす」

「どういうことでございましょうか」

次郎右衛門はしばし沈黙した。

「一力の旦那どの、それがしにこの一件を調べてみよと願われても、肝心のこと
をお話しいただけないのでは、余所者のそれがしにはいかんともし難うございま
す。限られた日にちを無益のまま浪費し、祇園の祭礼が日一日と迫ってくるだけ
ですぞ」

「言わはる通りどす。そやけどな、残された五人の旦那衆はそれぞれが疑心暗鬼
に陥って、だれもが仲間のことを信じられへんのどす」

次郎右衛門の言葉に幹次郎は愕然とした。

偶然、一力茶屋の前で旦那衆と会った折りからずっと、互いが肚を割った付き
合いをしているとばかり思っていたからだ。だが、仲間ふたりが一年の間を置い
て殺された騒ぎに対し、残された五人の気持ちはひとつではないと次郎右衛門は
言った。

幹次郎は一力茶屋の前での出会いから今日まで耳にした旦那衆の問答を思い返
した。すると二度目の集いの折りか、旦那衆の間に違和というべきか、不信とい
うべきか、なにかが介在していることに気づいたことを思い出した。だが、江戸
者がさようなことを口にして質してよいとは思えなかった。

「次郎右衛門様、それこそ敵方の思うツボではございませんか」

「言わはる通りどす」

と応じた次郎右衛門が大きな溜息を吐っき、

「神守様と麻様が、うちらとうちの店の前で会ったことも疑ってはるお方もいはりましたわ」

「どういうことでしょうか」

「神守様と麻様が相手方の手先やないかと疑う御仁もおりましたんや。けどな、神守様が江戸の三井越後屋のご隠居はんやら、なにより祇園社の彦田執行はんや清水寺の羽毛田老師に信頼された御仁と知って、今ではおふたりを疑う旦那はおへん」

幹次郎は一瞬言葉を失った。が、騒ぎが騒ぎだ。江戸から京の花街修業にいきなり現われたふたりが疑われても致し方ないことかと得心した。

「われら、祇園にさような騒ぎが降りかかっているなど全く考えもせず一力亭の前を通りかかったのです。その折り、三井越後屋の大番頭与左衛門どのが麻の前身を承知していたことを、訝しく考えられたお方がいても不思議はありません」

「改めて申します。ただ今では神守様と麻様の人柄やご来歴がはっきりしました

さかい、さようなことはあらへん」

京はそう容易く肚のうちを見せぬところだと、改めて幹次郎は考え直した。

「そんな最中にも拘わらず、一力様では麻に、女将の水木どののもとで見習修業をなすことを快く許していただきました。感謝の言葉もござりませぬ」

「神守様、女衆はな、男とはちゃう勘が働くんやないですかな。うちらは仲間がすでにふたり殺されたんや、にも拘わらず仲間内ですら信頼できしまへんのや」

幹次郎は、最前から問答が一向に進んでいないことを気にしていた。

「主どの、天明の大火がこの祇園にもたらしたこととはなんでござりますかな」

幹次郎は話を核心へと戻した。

「大火事はな、それぞれの内証を暴き出しましたんや。建物は再建されてもその懐事情は様々どすわ。うちは偶さか運がようおした、この建物は燃えしまへんでした。けど呉服屋はんの四条屋はんと大地主の猪俣屋はんは燃えましたんや。ふたりのうち猪俣屋はんの地所は、この祇園界隈と鴨川の西側にあちらこちら残ってます。とくに先斗町付近にまとまって何百坪とな、値の高い地所が手つかずで残ってますんや。この土地を巡って、大坂の商人衆が目をつけてはります」

「と、申されましても、猪俣屋様の土地ですね」

「さうどす。　けど、あれこれとお武家はん方の手を借りて猪俣屋はんは脅されていたと思われます」

「次郎右衛門様、大坂方の頭分（かしらぶん）は分かっておりますので」

「分かっておます。　伏見（ふしみ）と大坂を結ぶ三十石船（さんじっこくぶね）の船問屋の摂津屋がその頭分ど
す」

と願った。

「三十石船の船問屋が京の祇園に手を突っ込んだと申されますか」

「神守様、事はそう容易（たやす）くおへん」

と次郎右衛門が苛立った口調ながら言い切った。

「表に立っておるのは船問屋の摂津屋どすがな、こたびの一連の騒動の真の主導
者は京のもんやと思うてます。　それにおそらく、お武家はんが従うてはります
な。　この辺りの話はうちの一存では神守様に話すことはできまへん。　残りの四人
の旦那衆の了解を得んといけまへん。　これが大事や、今少し時を貸しておくれや
す」

幹次郎は話柄を変えた。

「相手方には武家が従うておると申されましたな。　武家方は公儀の京都所司代か

京都町奉行所、あるいは西国大名家の京藩邸の面々ですか。いえ、もうひとつ、禁裏にも武士がおりましょうか」

「禁裏の警固院のお侍はんは、うちら京の旦那衆を敵に回すやなんて度胸はおへん」

「となると、公儀のお役人衆か、西国大名の京藩邸の武家方のどちらか」

「うちは長崎口と称してこの京で渡来の品を扱う大名家に関わりの御仁とみましたんやがな。うちらもどこの大名家の家来か未だ知らしまへん。ともかく本日の神守様の話を受けて今日明日にも四人の旦那衆と話します」

一力の次郎右衛門もそれ以上は話すことはできそうにないと思われた。

「本日次郎右衛門様からお聞きしたことを京都町奉行所の入江どのにぶつけてみてはなりませぬか」

次郎右衛門が沈黙した。

「一日待っておくれやす。うちらも肚を固めんと直ぐに吉符入がきますよってな、ゆっくりしてはおられまへん」

次郎右衛門は、今日明日にも旦那衆四人と会うと言った。

「分かりました」

幹次郎が辞去しようと立ち上がりかけたとき、

「神守様、この一件な、裏と表がおます。町奉行所は京のことしか気にしておへん。四条屋の儀助はんと大地主の猪俣屋の旦那が殺された一件の探索は町奉行所の担当どす。けどな、このふたつの殺しがうちら残りの五人に脅しをかけている背景を探るには、町奉行所では事が足りまへん」

「と、申されますと」

「京都所司代の密偵はんのほうがよう知っておるとみましたがな」

「ほう」

と言いながら幹次郎はふたたび腰を落ち着けた。

「密偵を主どのはご存じですかな」

「何人もいはりますがな、うちと通じてますのんは、渋谷甚左衛門はんや」

「うち、と申されましたが、この一力様のことですか、それとも旦那衆のことで
ございましょうか」

「一力とのつながりどす。他の旦那はんは、うちが渋谷はんと通じていることは
どなたも知らしまへん」

次郎右衛門の口調には迷いと悔いがあった。

仲間の旦那衆に密偵渋谷某の存在

を知られたくないゆえに、旦那衆殺しの探索が未だ進展していないと、遅まきな

がら案じている風に幹次郎には思えた。

「主どの、渋谷どのと会ってもようございますか」

幹次郎の問いに一力の主は首肯した。

次郎右衛門は、残りの旦那衆四人の了解を得るのと同時に渋谷に幹次郎を会わ

せたほうが事は進むと判断したようだ。

「京都所司代の密偵どのは、目付配下ですか。それとも所司代直属ですか」

「渋谷はんは、代々の所司代に仕えておられます」

「ということは遠江掛川藩主太田備中守資愛様の直属ですかな」

「神守様、あんたはん、太田の殿様と知り合いどすか」

次郎右衛門が新たに驚きの顔を見せた。

「いえ、それがしではござらぬ。麻が吉原にて世話になったそうです」

幹次郎は京都所司代前での出会いを次郎右衛門に語った。

「魂消ましたわ。神守様といい、麻様といい、なんともお顔が広うおすな」

「太田の殿様は京で困った際は、予を訪ねよと申されたとか」

「考えさせておくれやす」

としばし思案した次郎右衛門が、

「神守様、麻様を連れて所司代に参られますか」

と質した。

こんどは幹次郎が思案して、首を横に振り、

「こたびの一件、京都所司代の太田の殿様まで広げるのはいささか早いかと存じます。渋谷どのが一力様と意を通じておられるならば、陰の者同士の話にてまず下相談をしてみます。できることならば、渋谷どのに口利き状を頂戴できませぬか」

と願った。

「ならば、これをお持ちなはれ」

と次郎右衛門が前帯から古びた木札の護符を出して幹次郎に渡した。木札の護符の表に、

「蘇民将来子孫也」

との文字が読め、護符の裏側には、

「一力　次郎右衛門」

とあった。

「うちの護符どす。　渋谷はんに会いはったとき、　見せなはれ。　神守様がうちの代理と分かります」

「お預かり致します」

幹次郎は財布に仕舞い込んだ。

「渋谷はんやけどな、東堀川通と丸太町通がぶつかる角に甘味屋の一路庵がおます。　用事のないときは、渋谷はん、この店で油を売ってはります。　もし姿が見えんかったら、一路庵の奉公人に頼んで、『渋谷はんに会いたい人がおます』と所司代の門番に伝言してもらいなはれ、それで通じるはずや」

と次郎右衛門が言った。

半刻後、幹次郎は東堀川通の西の角に一路庵なる甘味屋を見つけた。

昼下がりのことだ。

女の客がふた組いて、ひとりだけ壮年の男が茶を喫していた。ただし武士の形ではない。

幹次郎はこの男を見た覚えがあった。　そして同時に相手も幹次郎に視線をやって見るとはなしに確かめていた。

幹次郎はその者の前に行き、

「渋谷甚左衛門どのですな」

と問うた。

「だれも渋谷甚左衛門なんて呼びまへんわ、ただの甚左で宜し」

と応じた相手が、

「どなたはんやったかいな。おお、そうや、役所の前で会いましたな。きれいな女子はんといはったがな、ちゃいますか」

幹次郎は頷いて、

「相席願えますか」

「うちの店とちゃいます。好きなように座りなはれ」

と言った甚左が、

「そや、あんたはんの名は神守幹次郎はんや」

と言った。

幹次郎が頷き、懐の財布から護符を出して甚左に見せ、裏を返してだれの代理か無言のうちに告げた。

「一力の旦那はんの使いやて。あんたはん、たしか江戸の吉原のお人とちゃいま

　護符を幹次郎は財布に仕舞い込んだ。

「いかにもさようです。ただしただ今は一力の次郎右衛門どのの陰の御用を務め

させてもらっております」

「なんやて、江戸の吉原から京の祇園に鞍替えかいな」

「曰くがござって一年にかぎり祇園にて見習い修業の身にござる」

「待っておくれやす。あの女子はんはうちの殿様の知り合いやったな」

「ただ今一力にて見習い奉公を始めたところでござる」

　間を置いた甚左が、

「あんたはん、この甚左相手にえろう丁寧な言葉やな」

とからかうような口調で幹次郎に尋ねた。

「そなたの身分が分かりませんでな」

「身分によって言葉を変えはるんか」

「いや、そうではござらぬ」

と幹次郎がにやりと笑い、

「お互い初対面の折りは気心が知れぬでな。馬鹿丁寧な言葉を使っておれば間違

いあるまい」

「ふーむ」

としばし間を置いた甚左が、

「で、用事はなんや」

と幹次郎に尋ねたとき、女衆が注文を取りに来た。

「新しい茶をふたつとな、自慢の菓子を二人前や。払いはすべてこの侍はんがしはる」

と甚左が応じて女衆が、

「甚左はん、長いことうちにいて運が向いたんやないか」

「そういうこっちゃ」

と甚左が笑った。

所司代直属の密偵はしかつめらしい役所より甘味屋で過ごすほうが気楽なのか。

幹次郎は祇園の旦那七人衆のうち、二年前に呉服屋の四条屋儀助が、さらにその一年後に大地主の猪俣屋候左衛門が、祇園祭の吉符入の前夜に刺殺された騒ぎを甚左に語った。

甚左の表情は全く変わらなかった。幹次郎が話したことなど当然承知している

ことだと思った。

途中で茶菓が供されて話が中断し、それでも幹次郎は最後まで話し終えた。

「甚左どの、旦那衆も一力の次郎右衛門どのも、祇園祭が近づいてくるにつれ、三人目の犠牲が出るのではないかと恐れておられる」

「そやろな」

と甚左が当然という顔で応えた。

「甚左どの、一力の旦那は、ふたりの暗殺には、大坂の商人らの背後に、京にいる武家方が噛んでおると推量しておられる」

「で、神守はんはうちに会えと一力の主に頼まれたんか」

「それがしが町奉行所の担当役人と会って探索の模様を訊いてよいかと旦那に願いましたところ、そなたの名が出ましてな」

「そなたはん、西国の大名家の家来どしたな」

甚左は所司代前で出会ったとき以来、麻と幹次郎の来歴を調べた気配があった。

「よう承知にござるな。とは申せ、京に藩邸のある西国の雄藩とは違い、小藩の下士にござった」

「豊後岡藩中川家や」

「いかにもさよう」

「あんたはんの来歴はな、京都所司代にいはる幕臣の何人かが承知どしたわ。まあ、官許の吉原と京の祇園では、いささか商いのやり方はちゃいますな。けど、あんたはんなら、一力の旦那はんの願いくらいなんなくこなせるのとちゃいますか」

幹次郎は首を横に振り、

「京と江戸ではやはり違いまする。ゆえに一力の旦那がそなたの名を出し、それがしがこうして会いに来たというわけでござる」

長いこと甚左は格子窓越しに表を見ていたが、

「四条屋の旦那と地主の猪俣屋の旦那が殺された曰くを調べよと言わはるんやな、一力の旦那は」

「だれが下手人かも」

「厄介な相手が出てきた折り、あんたはん、神守幹次郎はんが独り立ち向かわれますんか」

「それがし、一力の旦那に麻を預かってもらった恩義もござる。また向後一年世話になることを考えると」

「貸しを作っておきたいと考えはったんか、命懸けどっせ」

「それがしの仕事でな」

「日にちを貸しておくれやす。で、あんたはんの塒はどこや」

「祇園社神輿蔵が住まいにござる」

甚左の両目が見開かれて、本日いちばんの驚きを見せた。

　　　三

江戸・浅草並木町。

料理茶屋山口巴屋で四郎兵衛と身代わりの左吉が面談した。前回の面談から二日が経っていた。

「七代目、調べが遅れて申し訳ございません。色事師の小太郎はようやく正体が知れました」

「ほう、分かりましたか。それはお手柄」

「元吉原のあった駕籠屋新道の仕立て屋の倅でしてね、一時は官許の芝居小屋市村座で、市村小太郎の名で役者をしていた野郎でしたよ。だが、女客に手を出し

ては厄介を起こすというので、今から数年前に市村座から追い出されて、その後、金持ちの後家なんぞを相手に金を稼ぐことを覚えたようです。仲間内では役者上がりの小太郎として知られていましたが、この一年ほど姿が江戸で見かけられておりません。ともかく女扱いが上手で、金を貢いだ女からの訴えがないんで、一度としてお縄になったこともありませんのさ。それがこの正月辺りから、尾張町の老舗の袋物屋美濃屋の若旦那の名が小太郎だというのを利用して、吉原の俵屋に出入りしていたようです。一見の客を取らない俵屋に口を利いた山城屋の旦那も上手に騙されたものですな。なにしろ色事師の条件が揃っている。様子がいいし、女の扱いは実に優しい、閨上手にして、役者上がりだ。京言葉もお手の物、年寄りの扱いはうまいし、吉原の遊女さえころりと騙された」

「色事師は独り仕事ですな」

「役者を辞めさせられたころは独り仕事だったようです。ですが、この一、二年は何者かと組んで、『大仕事をしのけたら、色事師はやめる』と昔の役者仲間に漏らしていたそうです」

「さて、小太郎を操っている頭はだれですかな」

「そこが未だ分かりません。佐渡の山師荒海屋金左衛門とはつながりがあるかどうか、申し訳ありませんが、未だ調べがついておりません」

と身代わりの左吉が言った。

「小太郎がどこにおるか、分かりませんかな」

「江戸でひそかに隠れて過ごしているようですが、塒や一定の住まいはありませんでな。昔馴染の女のところを転々と渡り歩いていることは分かっています」

「ほう、女の家をな」

「そんな女のひとりで、神田川河口付近の北側、浅草上平右衛門町のお恭って女とは、役者時代からと結構付き合いが古うございます。富沢町の古着問屋の旦那の妾だった年増女ですが、旦那が身罷って小金をもらい、今も小体な妾宅に住んでいます。お恭の家にはいずれ転がり込むとみて、わっしの仲間に見張らせております。ともかく小太郎がお恭の住まいに姿を見せるとよいのですがな、このところ江戸での噂が掻き消えているんですよ」

と左吉が首を捻った。

「七代目、もうひとつ手がございます。小太郎が馴染になった女でこれはと思う女には、自分と連絡をつけたいときには、本所にある中之郷横川町の口入屋に

文をくれと小太郎は言っているらしいのですよ、金を無心するためです。ひょっとしたら、俵屋の遊女にもその口入屋のことを教えておりませんかね」

「それはあり得るかもしれません。吉原の大門を潜らねばお涼には会えないとなると、口入屋を通じてお涼と連絡をつけようとするかもしれませんな」

「へえ、すでにお涼は横川町の口入屋を承知かもしれませんぜ」

「お涼が口入屋の名を承知ならば、小太郎が口入屋に顔を見せると言われるのですな」

「へえ、こちらにもわっしの知り合いの者を見張らせております。あまり頼りにはなりませんけどな」

と左吉は最後に苦笑いの顔で言った。　身代わりの職も独り仕事だ。　仲間がそういるとは四郎兵衛にも思えなかった。

四郎兵衛は浅草寺に参詣して、　奥山を抜けて浅草田圃に出ようとしていた。

（天気もよし、久しぶりに歩きながら考えごとをしよう）

と思いついてのことだ。

浅草寺寺中の畑屋敷に出たとき、ふたりの在所者と思える男が前方に佇んでい

るのが見えた。懐には刃物を忍ばせている手合いだ。

「よい天気ですな」

と声をかけたとき、無言で懐から両刃の抜身を出した。懐に鞘を残してのこ

だろう。なかなか手慣れた動きだった。

「おまえさん方、何者ですね」

と尋ねてみたが無言だった。口を利くとお国訛りが出ることを恐れているのか、

と四郎兵衛は思った。

「私はね、お上が許された遊里、吉原の会所の七代目頭取ですがな、それを承知

で野暮ったい刃物を振るおうと言われますかな」

「四郎兵衛だっちゃ」

と無精髭の男が確かめた。もうひとりは細身の男だったが、ふたりして陽光

に顔が灼けていた。

「いかにも四郎兵衛です」

「死んでくらんし」

と無精髭が言い、刃物を翳して突っ込んでこようとした。その機先を制するよ

うに言った。

242

「おまえさん方、佐渡島鶴子銀山の山師の末裔ではありませんかな」

なにか応じかけた無精髭の傍らを、細身の男が一気に四郎兵衛に迫った。

その瞬間、乾いた大気を裂く音が響いて、麻縄の先端に重りがついたものが細身の男の脛を払った。

あっ

と悲鳴を上げた男が四郎兵衛の前に倒れ込んだ。浅草寺境内奥山から、

ふわり

と身を躍らせたのは澄乃だ。その手にはすでに麻縄の先端の重りが握られていた。

吉原へと抜ける田圃道に倒れた細身の男が呻いていた。

四郎兵衛が澄乃に先手を取られ立ち竦む無精髭にちらりと視線をやりながら、

「どうしなさるな。浅草田圃は吉原遊里の裏庭でございますよ。おまえさん方ふたりだけで年寄りの命を取ろうというのはいささか甘い考えですな」

と言い放った。

機先を制された無精髭が迷った。

「ひとつ、頼みがございますがな、それを聞いてくれるならば本日は挨拶という

ことで、おまえさん方ふたりの命は助けてやりましょうか」

無言だった。

細身の男の呻き声だけが響いていた。

「おまえさん方は、荒海屋金左衛門の手下ですな。官許の吉原は佐渡の隠し山から出た金銀では買えません、と伝えてくれませんかな。宜しいな」

無精髭が頷いた。

「それともうひとつ、俵屋の一家に手を出すのはやめてもらいましょうか。もしこれ以上、悪さを繰り返すならば、吉原会所は全力を挙げて荒海屋某の企みを阻むばかりか、一味全員を白洲に突き出すとな」

と忠告した四郎兵衛の眼前で無精髭が両刃の刃物を懐の鞘に納め、細身の男の腕を取ると随身門へと去っていった。

「澄乃、助かりました」

と礼を述べた四郎兵衛に澄乃は会釈を返した。

四郎兵衛は大門を潜った足で角町の俵屋を訪ねた。

表土間で女衆頭のおとみが悄然とした体で煙管を吹かしていた。

「七代目」

「仮墓に角蔵さんをお参りなさったか」

「寿永寺に」

とだけおとみが答えた。

「七代目、なにが俵屋を見舞ったんですか」

「それが未だよう分かりませんでな。今さら詮無いことですがな、萬右衛門さん、なぜ事が起こったとき、相談してくれなかったか、返す返すも残念でなりませ
ん」

と言った四郎兵衛が、

「こちらの遊女衆や奉公人の新しい勤め先な、五丁町の町名主方と相談します。遊女衆が俵屋に身売りした折りの書付はございましたかな」

「遊女たちの書付や証文はございました」

「ならば遊女衆らがどこの楼に鞍替えしたいか、おまえさんが、希望をふたつ三つ当人に訊いて書き出してくれませんか。早々に町名主方と相談しますでな」

おとみが頷いた。

「おとみさん、お涼と会えますかな」

「お涼ですか、はい。俵屋に残るとひとりだけ頑張っていますので」

「私が話しとうございます。どこぞ座敷を貸してくれませんか」

と四郎兵衛は願いながら、ふとなぜ新たな楼主らは俵屋の遊女たちを京風に修業し直し始めたにも拘わらず、途中で諦めたか、その理由に疑いを持った。

「ならば帳場はどうでございますか」

「お涼をそちらに呼んでくだされ」

と願って四郎兵衛は帳場に通った。

突然主一家を失った帳場は、淀んだ空気が漂っていた。そこは時が止まっているかのように四郎兵衛には感じられた。

「入ってようございますか」

と女の声がして襖が開き、素顔の女が立っていた。

「お涼ですな、入りなされ」

四郎兵衛に招じられたお涼が帳場に入ってきた。

「なにかご用ですか」

「そなた、俵屋に残りたいそうですな」

「はい」

「俵屋はもはや吉原にはありません。あるのは、そなたらが何年か住み暮らした建物だけです」

「萬右衛門の旦那一家はどこに行かれたのです」

「お涼、この私が言うことを耳を澄まして聞きなされ。それほどの大事が起きたのです」

と前置きした四郎兵衛は、差し障りのない程度に萬右衛門、お市、太郎兵衛の三人と会った様子だけを伝えた。

「そ、そんな」

とお涼は信じられないという顔で四郎兵衛を見た。

「お涼、この私も萬右衛門様方のただ今を信じたくありませんでした。ですが、真の話です。その場にいたのは私ひとりではありません。南町奉行所定町廻り同心桑平市松の旦那もいっしょでした」

お涼は両目をあちらこちらに向けて、だれぞに助けを求めるような気配を見せて、

「四郎兵衛様、俵屋になにが起こったのですか」

とおとみと同じ問いをした。

「元吉原以来の老舗の妓楼、俵屋さんは騙されなさったのです。これまで貯めてきた何千両もの大金も俵屋と金杉村の御寮の沽券もすべて騙し取られて無一文になったのです。ゆえにこの俵屋と金杉村から萬右衛門とお市の夫婦、倅の太郎兵衛一家は夜逃げ同然に出ていかざるを得なかったのです」

「だれがなぜそんなことを」

「と訊かれますかな、お涼、そなたに関わりがある客が一枚嚙んでいることはたしかです」

「四郎兵衛様、私のお客様にそのような方は」

「尾張町の袋物屋美濃屋の若旦那の小太郎はそなたの馴染客ですな」

はっ、とした表情をお涼は見せた。

「美濃屋の若旦那小太郎さんはたしかにお客のひとりです」

「そやつは同じ名ながら、役者上がりの色事師です」

四郎兵衛が淡々とした口調で色事師小太郎について語った。

「私の言葉が信じられないというならば、おとみをこの場に呼んでもよい。いや、美濃屋の若旦那をこの楼に口利きした山城屋の旦那をこの場にお呼びしてもよい。さすれば私の言うことが真と分かりましょうな、お涼」

お涼は茫然自失して口も利けなかった。

「色事師小太郎がなぜそなたを虜にしたのか。あやつに、寝物語に俵屋の身内や内証のことを話してくれと請われませんでしたかな」

長い沈黙のあと、

「そんなこと話しません」

と否定した。

「お涼、よう聞きなされ。近ごろ番頭の角蔵の姿が俵屋から消えたのは承知ですな。小太郎一味のことを私に話そうとする直前、何者かによって殺されたのです。場所は俵屋の菩提寺寿永寺の墓地です。おとみさんは仮墓に参っておりますゆえ、承知です」

お涼の顔が恐怖の色に染められた。

「な、なぜ番頭さんは殺されなさったので」

「私に俵屋で見聞きしたことを話そうとしたからです。お涼、それより大事な話があります、よいかな」

「なんですね」

「過日、私は萬右衛門さん、女将のお市さん、倅の太郎兵衛さんと隠れ家で会っ

たと申しましたな」

お涼は疑いと不安の顔で四郎兵衛の言葉を聞いた。

「事実です。とても吉原の老舗の妓楼の主一家とは思えぬ暮らしでした。おまえさんの客だった小太郎らに騙され、すべてをはぎ取られた結果です。とはいえ、なぜ萬右衛門さんは、事が起こったときに吉原会所に相談してくれなかったのか。私らは元吉原以来の仲間ですぞ、そのことで萬右衛門さんを咎めましたがな、なにごとも答えられませんでした」

と四郎兵衛は悔いの言葉を繰り返した。

「なぜですか」

「お涼、よく考えて答えてくだされ。小太郎が俵屋の身内や内証をそなたに尋ねたのは分かっています。その他に訊かれたことはありませんかな、吉原会所のことですがな」

お涼は長い間、沈黙して考えていた。千々に乱れた思いの中で、

「吉原会所の裏同心神守幹次郎様のことを小太郎さんはよく尋ねました」

「なんと」

「神守幹次郎が謹慎になったのは真かとか、そんなことです」

お涼の言葉を聞いた四郎兵衛は、

ふうつ

と息を吐いた。

一味は吉原会所の勢力が弱体化するのを待って仕掛けたのだ。

「私はどうなりますか」

「俵屋に残りたいとおとみに言ったそうですが、なぜですな」

四郎兵衛の問いにお涼は黙り込んだ。話すべきかどうか迷っている風だった。

「小太郎さんは、俵屋になにが起ころうと残っており、それしか、おれと会う方法はないと」

「小太郎が言いましたか」

「はい」

「小太郎は、萬右衛門さんが主の俵屋が潰れることを承知していた、ということです。分かりましたかな」

しばし間を置いて、

「はい」

と答えた。

「私の知る小太郎さんは色事師ですね」

と念を押すお涼に四郎兵衛が頷いた。

「お涼、あやつにそなたが連絡をつけたいとき、なんぞ手立てがあるのではありませんかな」

「川向こうの横川長崎橋際の口入屋一朱屋に文使いに文を持たせてくれと最後の折りに言い残しました」

「これまで文は出しましたかな」

「二通、いや三通」

「そなた、小太郎について、あるいは俵屋について言い残したことはありませんかな」

お涼が瞑目して考えた。

「小太郎さんが拘ったのは、太郎兵衛さんの子供五人のことでした。そのことを幾たびか訊かれました」

「よう思い出してくれました」

と言った四郎兵衛が、

「お涼、繰り返します。もはや俵屋は消えたと言うてよい。といって小太郎らが

関わる俵屋が商いすることを吉原会所も五丁町の町名主も許しませんでな。まず、そなた、この廓内のどこぞの妓楼に鞍替えすることになりそうです。わが身のことをじっくりと考えなされ」

と最後に諭すように言い、お涼が頷いた。

番方の仙右衛門が南町奉行所の桑平市松に同行を願い、横川の口入屋一朱屋を訪ねて、小太郎宛てのお涼の文三通が残っているかどうか質した。

「お調べでございますか」

「そういうことだ」

と桑平市松が応じて、

「小太郎が色事師ってのは承知なんだろう」

「へえ、文を預かるくらいは色事師だろうとなんだろうと構いませんやね、旦那」

「まあな、で、お涼の文は残っているのかえ」

「いえ、昨日、いや、一昨日か、野郎の使いが現われて、文を持っていきました
ぜ。一通につき百文の預かり料を払ってね」

と口入屋一朱屋の主が言った。

四

　幹次郎は京都所司代近くの甘味屋一路庵の小上がりで密偵の甚左こと渋谷甚左衛門が姿を見せるのを待っていた。

　初めて甚左に会った二日後の昼下がりのことだ。

「いつもとちゃいますな、甚左はんは約束を違えへんお人どす。いえ、閑なお方やし、おかしいわ」

と一路庵の女衆が言ったとき、そより、といった感じで甚左が姿を見せた。

「甚左はん、お侍はんが半刻以上もお待ちやよし」

と幹次郎に代わって女衆が文句をつけてくれた。

「かんにんな、うち、刻限を忘れてしもうてな」

と女衆に無責任な返答をした甚左が初めて幹次郎に会釈して定席に腰を落ち着けると、

「えろう厄介な頼みどしたな」

といきなり言った。

「厄介な願いごとでしたが、ご存じのように京のことが分かりませぬゆえ、一力の主どのの勧めに従って甚左どのに無理を申しました」

「言い訳は宜し」

と応じた甚左が、

「神守はん、所司代の役目を承知やろな」

「いえ、詳しくは存じ上げません。ただ今の所司代は遠江掛川藩の藩主太田備中守様ということくらいでござる」

「所司代屋敷の門前で偶さか会いよった折りに聞いたか」

「さよう」

「ただ今の所司代はんはワルやおへん。けど、賢いこともあらしまへん。凡庸な所司代はんや」

所司代直属の密偵甚左が大胆な発言をした。

ふたりに茶菓が出てきた。

茶碗を手にした甚左が中断した話の続きを始めた。

「京の所司代の源は室町の折りの 侍 所 所司の代行はんや。

織田信長はんも豊

臣秀吉はんも所司代を置いて、京の支配をされとりましたわ。　徳川はんになって
な、ただ今は、朝廷の守護と監察、それに公家・門跡の監察、京都町奉行、奈良
奉行、伏見奉行の統括に二条城の役人どもの支配が務めや」

と手短に説明した。

幹次郎は黙って聞いていた。

京都町奉行も所司代の管轄下にあるのならば、一力茶屋の次郎右衛門が、京都
町奉行の同心入江忠助に会う前に甚左に先に会えと命じたのは、こたびの連続殺
人が京都町奉行所では探索し切れないのではと考えたせいではないか、と漠然と

幹次郎は思案した。

「甚左どの、所司代の務めの中に京より西の大名の探題の役目もござったな」

「よう知ってはるがな。神守はん、あんたはんが所司代になりいな」

と甚左が真顔で冗談を言った。

だが、幹次郎は無言で聞き流した。

「旦那七人衆はな、祇園と頭に冠することがおます。けど、旦那七人衆は、京の町衆の所司代
園どころやおへん、京都町奉行より大きおす。旦那七人衆は、京の町衆の所司代
みたいなもんや、その四条屋の儀助はん、大地主の猪俣屋候左衛門はんが殺され

はったんは、町衆の力がこれ以上大きゅうなるのんを嫌われた御仁がいはるか、それとも、ただ今の旦那七人衆に代わろうとするお方がいはるのとちゃいますやろか」

「甚左どの、だれだか当たりがつきましたかな」

「神守はん、そう容易うおへん。けど、うちの推量やが、禁裏のどなたかと西国の大名家がうしろに控えておるんとちゃうやろか」

甚左は曖昧な答え方をした。だが、幹次郎はそれなりの探索の結果、証しのあってのことかと思った。

「禁裏ですか」

「あすこは金に困ってはるな」

「金子のせいでふたりの旦那は殺されましたか」

「すべて金が仇の世の中どす」

「西国大名というても数多おられましょう」

「所司代が監察するだけでも何十もおますな。そのうちの一家がな、町衆の所司代である旦那七人衆に代わって、京の商いの実権を握りたいと思うてはるのとちゃいますか」

甚左の言い方は実に漠然としていた、だが、探索の結果だと思わせる説得力が
あった。甚左一流の表現を幹次郎は読み解くしかない。
（禁裏と西国大名がこの京で手を結ぶということは、ただの金儲けや商いのため
だけではあるまい）
という幹次郎の胸のうちを読んだように甚左が、
「京にいはる多くの西国大名はんは、すでに江戸に代わる幕府を考えてはるんと
ちゃいますか」
と言った。
それにしても旦那七人衆にそれほどの力が秘められているのか。幹次郎は改め
て京の町衆の力に驚嘆した。
「で、禁裏と手を結んだ大名の当たりはつきましたか」
「神守はん、この一件な、最前も言うたけど容易うおへん。西国大名はんかて、
京にそれなりに屋敷を構えてはるがな。ただ、あんたはんの旧藩は、そのうちに
入りまへんわ、安心おし」
安心おしもなにも、幹次郎には関わりのないことだった。
「禁裏どすけど、あんたはんひとりでは中に入れまへんな」

甚左の言葉はのらりくらりと前に進まなかった。

「甚左どの、西国大名と禁裏ですが、正体を知るにはどれほどの日数がかかりましょうかな」

「三日かて三月かていっしょや、そう容易う顔は見せはらしまへん」

「ふたりの旦那衆が刺殺された吉符入まで限られた日にちしかござらぬ。三人目の犠牲者がいつ出ないとも限らぬ」

幹次郎は甚左の言い方に苛立ってはいけないと思いながらも、つい性急な言葉を吐いた。

「そやよってな、あちらはんのほうから神守はんに会いに来はるように仕掛けをしてきましたがな。神守はん、何日もせんうちに会えますえ。貴重な機会や、逃したらあかん」

と甚左が平然とした顔で言った。

幹次郎は一瞬茫然とした。

「甚左どの、その者たちは次なる狙いをそれがしに定めましたか」

「あんたはん、すでに脅しの文を受け取ってはったな」

幹次郎は、このことをすでに甚左には言っていなかったことを思い出した。

（どうして知ったのか）

一力の主が推挙した人物だけに強（した）かだった。

「相手が来られますがな、そのほうが楽やし」

「驚きました。これが京のやり方でござるか」

「京のやり方かどうか知りまへん、甚左風やな。この甚左に教えておくれやす」

甚左は言外に相手方を承知していないと言っていた。だが、幹次郎はすでに甚左が推量をつけていると考えた。それならそれでやり方もある。

「それがしが斃（たお）されるということも考えられる」

「そやな、いくらあんたはんが強いというたかてひとりやし、相手は大勢や。神守はんの亡骸が鴨川に浮かぶことも考えんとな。義妹の加門麻はんが困りますやろ、どないしまひょ」

「それがし、麻を江戸に連れて戻る役目を負うておる。死ぬにも死ねんが相手のおること、ひとりではどうにもならぬかもな」

「格別、驚いた風もおへんな」

「甚左どの、これでも恐怖に慄いておる。京と江戸ではすべてにおいて違うな」

「京の七不思議いうたら、町屋ごとにおますよってにな。　一々本気にしてもあきまへん」

と甚左が言った。

その戻り道、鴨川を渡った幹次郎は、白川の流れの端にある禁裏門外一刀流の観音寺道場に立ち寄った。ひょっとしたら京都町奉行所の同心入江忠助がいるのではとの考えだったが、道場は森閑として稽古をする門弟がいる風もなかった。

「おや、神守どのか、稽古に参られたかな」

と姿を見せたのは道場主の観音寺継麿であったが、手に長さ七尺（約二百十センチ）ほどのたんぽ槍を携えていた。

幹次郎はふと関心を持った。

「過日は世話になったな、礼を述べるのが遅くなった、ほれ、この通り」

と軽く頭を下げた。なんとも雅な挙動だった。すでに礼は一度聞いていた。

「観音寺先生、稽古でございますか」

「刻限が刻限ゆえ門弟はひとりもおらぬで、わしが独り稽古をしておった」

「先生、ご指導願えませぬか」

幹次郎は用件を忘れて頭に浮かんだことを観音寺に願っていた。

「そなたはすでにわが道場の力を承知していよう。つまりはわしの技量もな、呑み込んでおられよ」

「いえ、それがし、先生の技量を推量する力など持ち合わせておりませぬ。かような機会は滅多にございますまい」

と重ねて願った。

偶さか立ち寄った観音寺道場で入江忠助の誘いに乗って道場破りを叩き伏せて以来、幹次郎は客分として道場で稽古をすることを許された。

幾たびか門弟衆と立ち合い稽古をしたが、道場主自らが指導する場面に遭遇したことはなかった。

入江に言わせれば、

「観音寺先生はお歳ゆえ、竹刀を握っての稽古はなさらぬ。それがしも門弟になって十年余になるが、観音寺先生の稽古は滅多に見たことはないな。だが、禁裏の二文字をつけた流儀をこの京で許されておるということは、それなりの腕前とみたがな、なにより先生の人柄に惹かれてわれら門弟一同、好きなように稽古をしておる。ときに口頭で教えられることはあるが、門弟だれひとりとして竹刀や木

刀での稽古を受けた者はあるまい」

とのことだった。

「よかろう。わしの暇潰しに付き合うか」

なんと竹刀や木刀をもっての稽古をつけぬと言われた観音寺継麿が幹次郎の願いを聞き届けてくれた。

幹次郎は道場に通ると神棚に拝礼し、腰の津田近江守助直を外すと道場の端に置いた。

観音寺は稽古着ではない、ふだん着に筒袴だ。

幹次郎も似たような形で壁の木刀を手にした。

「わしは稽古槍でよいのかな」

「ご指導を受けるのはこの神守幹次郎にございます」

「本日はわしひとりゆえ物足りなかろう」

と笑った観音寺が構えた。

その瞬間、ふたりだけの道場の雰囲気が変わった。

ぴーん、と張り詰めた気が流れて、幹次郎はこれまで体感したことのない荘厳な緊張感に包まれていた。

（これが古流の武術であろうか）

と幹次郎は一瞬思った。

「参る」

と観音寺継磨の声がした。

幹次郎が木刀を正眼に構えると同時にたんぽ槍が幹次郎の胸元に突き出された。

それを弾いた。だが、弾いたはずの稽古槍の先が幹次郎の胴に、太腿に、首筋に、とゆるりとした時の流れながら、どこにも弛緩したところのない連鎖の技が突き出され、幹次郎は、ただ無心に槍を弾き続けた。

時がどれほど流れていったか。

幹次郎は久しく感じなかった無念無想の稽古に没頭した。

ふっ、と観音寺継磨がたんぽ槍を引き、幹次郎も直後木刀を下げるとその場に座して、

「ご指導有難うございました」

と礼を述べていた。

幹次郎は全く攻めてはいない。攻められないのではない、観音寺の攻めを受けているだけで満足感があった。

強いとか弱いとか、そのような観念は全く入る隙

などなかった。

「年寄りに汗を流させておったな」

「こちらは幾たびも冷や汗を掻きました」

と幹次郎が応じて、

「槍術は禁裏門外流の教えにございますか」

「わしの爺様は内裏に勤めていたそうな。その爺様から父が習った武術の中に、この槍術もあった。父の創意とわしの工夫もあるでな、禁裏で伝承する武術とは違おう。祖父がなにゆえ禁裏を辞してかような場所に道場を開いたかは知らぬ。祖父は禁裏に門外の二文字をつけることで、出自と同時にただ今は禁裏と関わりないことを表明したのであろう。わしは父の教えと流儀名を受け継いだにすぎぬ。そなたの腕では、物足りなかろう」

「それがし、初めてかような神秘の槍術を体験して感じ入りました。いつの日か、禁裏門外一刀流の剣術のご指導を願いとうございます」

「神守幹次郎どの、年寄りに汗を掻かせるというか」

と観音寺継麿が言いながらも満足げに笑った。

「そなた、数多の修羅場を潜ってきたようじゃな」

「それがし、妻仇討の汚名のもと、追っ手がかかる十年の逃亡暮らしを続けまし
た。なんとかふたりして生き延びて江戸の官許の遊里、吉原会所に拾われて用心
棒の如き暮らしをして参りました。ゆえに避けて通れぬ斬り合いをなしたことも
ございます」

「面白き生き方を選ばれたな」

「さだめでございましょうか」

「修羅場を潜り抜けて生き抜いてきたわりには、そなたの剣術にはさわやかさが
ある。どうしてかのう」

と言った観音寺が、

「そなたの佩刀を見せてもらってよいか」

と願った。

幹次郎は道場の隅に置いた差し料（さ）を手にすると、黙って観音寺に渡した。

「拝見しよう」

とたんぽ槍を幹次郎に渡した観音寺がゆっくりと刃渡り二尺三寸七、八分（約
七十二センチ）を抜くと、しばし刃を見ていたが、

「五畿内摂津津田近江守助直（はいとう）じゃな。新刀ながら見事な鍛造（たんぞう）かな、いや、使い込

んだ一剣かな」

と感嘆の声を漏らした。

「そなたの人柄が助直に映り込んでおる」

「お言葉はどのような意にございましょうか」

「刀には遣い手の人柄が出るということよ」

と答えた観音寺が、

「そなたがわが道場に初めて訪れたのは、『さるお方より聞いて』と申したそうだがさようか」

「いかにもさようでござる。さるお方とは産寧坂のお婆様です」

「ほう、なんと、そなた、髪結のお婆と知り合いとはな」

「偶然でございます、また、京都町奉行所の目付同心入江忠助どのが門弟だとも存じませんでした」

幹次郎の返答に首肯した観音寺が、

「本日、入江を訪ねてきたのはなんぞ用か。わしで足りるならば申してみよ」

「いささか話が長うなります」

「ならば母屋に参ろうかな。子供たちは皆外に出ていき、老妻とのふたり暮らし

よ。暇は十分にある」

と言った観音寺が助直を幹次郎に返し、まず井戸端へと案内した。

「おーい、手拭いをふたつ持ってこよ」

と母屋に観音寺が叫んだ。

「はい、珍しいことやおへんか」

と女の声を聞きながら、幹次郎は釣瓶で水を汲み上げ、盥に水を張った。

「先生、どうぞ」

白髪頭の観音寺の奥方が手拭いを持ってきた。

「それがし、新参の神守幹次郎と申します」

と幹次郎が挨拶すると、

「あんたはんのことは門弟連の噂話で承知どす」

と言った。

「それがし、噂になるほどの者ではございませぬ、奥方様」

「江戸の吉原から祇園にきれいな女子はんと見えたお方でっしゃろ」

「は、はい」

「お粂、門弟どもの噂話より、ご当人の口から話を聞くのがなによりたしかであ

「そうどす、そうどす」

とお糸が言い、肩脱ぎになった観音寺の肩の汗を拭い始めた。

幹次郎もその仲睦まじい老夫婦を見ながら汗を拭った。そして、幹次郎は京に

来て、また新たな人との出会いを観音寺とお糸に感じていた。

この日、幹次郎は観音寺家の母屋で酒を馳走になり夕餉を食して、五つの刻限

に辞した。

「ろう」

第五章　刺客の影

一

微醺を帯びた神守幹次郎は、ゆらりゆらりとした足取りで切通しの小路を抜けて、四条通に出た。だが、これまでのところ幹次郎を見張っている眼は感じられなかった。所司代付きの密偵甚左の言葉を受けて警戒していた。甚左は、禁裏の刺客に対してどのような策を使ったか、

「あちらはんのほうから神守はんに会いに来はるように仕掛けをしてきましたがな」

と事もなげに言ったのだ。

四条通に出て、祇園社へと向かう。

刻限は五つ過ぎか、五つ半の頃合いか。

四条通に灯りがこぼれている紅殻塗りの堂々たる茶屋が見えた。

麻の見習奉公する一力茶屋だ。

暖簾を分け、女将の水木に見送られて武家数人が姿を見せた。

幹次郎はごく自然な歩みで花見小路へと曲がり、一力茶屋の表を通ることを避けた。勝手口に回り、御免、と声をかけながら敷居を跨いだ。勝手口には一力茶屋の女衆頭のお福がいた。

「おや、神守様、見廻りどすか。いつも言うてるがな、表から入ってきよし」

「いや、ちょうど客人が帰られるところゆえ、表は避け申した」

「筑後の大名家の京藩邸の用人はんどす」

お福の声にはこの西国の武家方が馴染客だという感じがした。

「お茶を淹れまひょ、神守様」

とお福は幹次郎が酒を呑んでいると感じたか、茶の仕度を始めた。

「恐縮にござる」

「麻様やけどな、舞妓はんや芸妓はんよりえらい人気ですえ」

「一力の商いの邪魔をしているのではないか」

　心配おへん、女将はんも馴染客の座敷には必ず麻様を伴い、お客はんに紹介し
てはります」

「恐縮じゃな」

「麻様な、芸妓はん方にも頼りにされてますえ」

「江戸からの新参者にさようなことがあろうか」

「麻様は気い遣いやし、頼りにされてます」

「いささか安心致した」

　幹次郎の正直な返答にお福が笑い、淹れ立ての茶を供した。

「馳走になる」

　幹次郎は茶碗を手に香りをかいだ。

「宇治であろうか」

「神守様も京に慣れはりましたがな」

　茶をゆっくりと喫したとき、地味な小紋姿の麻が姿を見せた。

「義兄上、見廻りどすか」

「いや、さるところで酒を馳走になった。酔いを醒まそうと白川沿いをゆるゆる

と四条に出てきたところだ」

「この祇園で酒を馳走になられましたか、珍しおすな」

と麻が首を傾げた。

「祇園北に剣道場があってな、そちらで馳走になったのだ」

「おや、観音寺先生の門弟はんと酒を呑みはったんどすか」

ちょうど勝手に姿を見せた水木が幹次郎の声が聞こえたか質した。

「女将どの、門弟どの方と酒を酌み交わすまで懇意にはしておりませぬ。それが

しが昼下がりに道場を訪ねると、観音寺先生が独り稽古をしておられました。厚

かましくもご指導を願ってみると快くお受けいただき、それがし、禁裏門外一刀

流の雅な武術を、身を以て体験させてもらいました。そのあと、お内儀に夕餉に

招かれ、酒まで頂戴致しました」

「麻様もやけど、神守様も不思議なお人柄どす。観音寺先生のお宅に招かれるお

人はそうおへん」

水木が観音寺継麿を承知かそう言った。

「観音寺先生はこちらの茶屋にお出入りがござるか」

「先生の先祖は禁裏の勤めやし、当代はんも未だ禁裏と付き合いがおます。若い

ころはうちにも顔を出されましたえ」

「ほう、観音寺先生はこちらのお客でありましたか」

幹次郎にはいささか観音寺継麿と一力茶屋が結びつかなかった。

「昔のことどすわ。先生は、芸妓衆に人気のお人どした」

と水木が過ぎし日を思い出したか、言った。

「女将はん、お客はんがお帰りどす」

と女衆が知らせに来た。

「直ぐ参じます」

と応じた水木が、

「帳場に顔を出しまへんか、うちのが待ってます」

「いささか酒が入っておるゆえ遠慮したいのじゃが」

「お呑みになったお相手がお相手や。うちのも関心持ちますえ。どうぞ顔を出しておくれやす」

と水木に言われて、

「お福さん、茶がなんとも美味であった」

と礼を述べた幹次郎は勝手から帳場に上がった。

今宵はどうやら座敷の客の多くが早めに引き上げたようだった。

水木と麻が急

いで見送りに行った。

幹次郎は帳場を訪ねて、

「主どの、甚左どのと昼下がりに会いました」

と報告した。

「手早（てばや）うございますな。この刻限まで甚左はんといっしょどしたか」

「いえ、甚左どのと別れたのち、ふと思い立って禁裏門外一刀流の道場を訪ねてみました」

と前置きした幹次郎は、偶然にも独り稽古をしていた観音寺継麿に稽古をつけてもらい、そのあと母屋で酒と夕餉を馳走になったことをここでも伝えた。

「観音寺先生と稽古、まして酒を酌み交わしたやなんて、門弟衆かてそうおへんやろ」

次郎右衛門もまた驚きの顔で幹次郎を見た。

「勝手にて女将どのが同じことを申されました。京を知らぬ新参者に呆れ果てられたか、先生にたんぽ槍でのご指導を仰ぎました。礼儀知らずの願いを快く聞き入れていただき、大変楽しい時間を過ごさせてもらいました」

「神守様、あんたはんの人柄やな。東国の侍はんが観音寺先生と酒を呑むやなん

て驚きや。神守様、大事にしなはれ、観音寺先生とのお付き合いをな」

「はっ」

と幹次郎が頷いたとき、客を見送った水木と麻が帳場に顔を見せた。

「水木、聞いたか。観音寺先生に稽古をつけてもらい、夕餉を馳走になったや
て」

「うちもびっくりしましたわ。神守様、祇園に剣道場があるなんて、
この界隈に舞妓はんや芸妓はんの演舞場はあっても、剣術の道場があるなんて、
京の人かて知りまへんやろ」

「祇園界隈に剣道場があるのを教えてくれたのは、産寧坂の茶店のお婆様でござっ
た。清水の老師の朝の読経に付き合わせてもらったあと、音羽の滝に水汲みに来
たお婆様と孫娘と茶店に行き、茶を喫するのが近ごろのそれがしの習わしでござ
いましてな、お婆様は昔、この祇園で髪結をしていたとか」

「産寧坂のおちかはんや」

と水木が即座に言い当てた。

「お婆様はおちかと申されますか。お名前をお訊き致しましたが、産寧坂の茶店
のお婆でいいと申され、名までは存じませんでした」

と言った幹次郎に、

「おちかはんは祇園で長いこと舞妓はんや芸妓はんの髪を弄ってきはった方や。

舞妓のおふくから太夫はんの横兵庫までおちかはんの結った髪は、三年もつや

なんて冗談が飛ぶほどの腕前どした」

と水木が言い、

「神守様も不思議なお人や、清水寺の老師はんと朝の勤行のあとは、おちか婆の

茶店ですか」

と次郎右衛門が首を傾げた。

「そうじゃ、産寧坂のお婆様が麻、そなたに会いたいそうじゃ」

「話を聞いて、おちか様に麻もお目にかかりとうございます」

「女将どの、近々麻を音羽の滝に連れ出してようございますか」

「麻様、朝起きられますか」

と水木が麻に尋ねた。

「女将様、奉公のし始めでさような無理を聞いていただけましょうか」

と麻がそのことを気にした。

「産寧坂のお婆に神守様と麻様が会うのはふたりにとってためになろう。　朝の間

　なればうちはなんの差し障りもおへん」

と次郎右衛門が言った。

「有難うございます、旦那はん、女将はん」

と麻が礼を述べ、幹次郎が、

「お許しなれば明朝迎えに参り、こちらまで送り届けます」

と言い添えた。

　そんな女ふたりが帳場から仕事へと戻っていった。

「甚左はんと会ったて言わはりましたな」

と次郎右衛門が話を戻し、

「はい、二度目でございました」

と前置きした幹次郎は、甚左の探索の経過を告げた。

「なに、甚左はん、『あちらはんのほうから神守はんに会いに来はるように仕掛けをしてきた』と言いましたか。なんやら中途半端な探索どすな、それに神守様が危ないやないか、大変やがな」

と応じながらも次郎右衛門の顔には、どことなく事が動き出したという安堵が漂った。

「主どの、観音寺継麿先生の祖父御は、禁裏勤めであったとか」

「はい、うちも聞いたことがおます。禁裏には西国にも東国にも見当たらない京の武術が連綿と伝えられているそうな、いつぞや観音寺先生から話がありました」

と言った次郎右衛門が、

「神守様、観音寺先生は一年ごとにうちらの仲間のふたりが同じ日にちに殺されたことを当然承知やろうな、なんぞ言わはりましたか」

「それがし、観音寺先生にこの一件を尋ねるために道場に参ったのではありませんか」

「うちは神守様をだれよりも信頼してます。そして、考え方も行動力も並みの御仁ではないことを承知しています。所司代付きの密偵甚左はんと会ったあと、町奉行所目付同心入江はんに会って、この一件の話を聞こうと考えはったんとちゃいますか」

と次々に質した。

「主どの、正直、そのような思いもありました。ですが、旦那衆の合意を待てという言葉を忘れていたわけではございません。刻限のせいでしょうか、道場には

観音寺先生おひとりがおられて、最前申したようなことになりました」

「神守様、観音寺先生との稽古と母屋での夕餉だけで事が終わりましたかな。甚左はんの言葉が神守様を動かしたとちゃいますんか」

「畏れ入ります。次郎右衛門どの、観音寺先生も、旦那七人衆のうち、ふたりの旦那が祇園祭礼の吉符入の前夜に殺されたことを気にかけておられました」

「祇園の者ならば、だれもが承知のことどす。けどな、多くのお人は、『うちらに関係ない話や』と見て見ぬふり、祭りに没頭するふりをな、してはるんや」

次郎右衛門の言葉に頷いた幹次郎は、

「夕餉の席で観音寺先生は、禁裏の武術は一芸一技が一子相伝の秘伝だとか、祖父御が禁裏の勤めを辞めて祇園の界隈に町道場を開いたのは、謎だらけ秘密だらけの禁裏の武術に嫌気が差したからだと、亡き父御から聞いたことがあるそうです。観音寺先生は、四条屋儀助様と猪俣屋候左衛門様が殺された死の因、突きの傷を気にかけておられました」

「神守様、一子相伝の一芸一技、禁裏の武術の技のひとつで殺されたのではないかと、疑っておられたということやろか」

次郎右衛門の自問のような言葉に幹次郎が頷くと、

「観音寺先生は、どなたはんから傷のことを聞きはったんやろな」

と自問が漏れ、幹次郎は首を振り、

「門弟の町奉行所目付同心入江忠助どのからのようです。禁裏の武芸とはどのようなものかとそのときに問われたそうです。ですが、観音寺先生はそれがしに説明した程度のことを話しただけで、祖父が生きておれば、その問いに答えられたかもしれぬと、入江どのの問いを避けられたそうです」

幹次郎の言葉に一力の主にして、祇園の旦那七人衆のひとり次郎右衛門はしばし沈思した。

長い沈黙のあと、

「四人の旦那衆に神守様が町奉行所の入江はんに会って話を聞くことの是非を質しましたんや」

と話柄を変えた。

「いかがでしたか」

「おひとりが反対されました。名は申し上げられまへん」

「致し方ございません」

「それでようございますか」

「旦那七人衆からおふたりが欠けて五人衆に減りました。この五人衆が結束することが大事かと存じます」

「神守様、甚左はんの仕掛けをお忘れどしたか。刺客の三番目の狙いはうちらやおへん、神守幹次郎様とちゃいますか」

幹次郎は小さく頷いた。

「神守様は命懸けでうちらの頼みに応えておられますんや。うちの一存どす、観音寺道場の門弟入江はんに話しなはれ。門弟同士が打ち合いながら問答をするのをどなたも止められしまへん」

と次郎右衛門が言い切った。

幹次郎はゆらりゆらりと四条通を祇園感神院へと向かっていた。

刻限は四つの時分か。

この日、これまで感じなかった尾行者を幹次郎は意識していた。

四条通の東は祇園社の境内に塞がれていた。西楼門から境内に入らず、南楼門へと回り込もうと幹次郎は考えていた。

祇園社の境内で血を流す真似は避けたかったのだ。

尾行者の間合が迫ったのを感じた。

幹次郎の酒に酔ったような歩みは変わらなかった。

目指す南楼門の前に、ひとつの白い影がひっそりと立っていた。この人影が発する死の気配は危険極まりないものであった。ひょっとしたら四条屋儀助と猪俣屋候左衛門を暗殺した刺客ではないかと思えるほどの静かなる殺気を漂わせていた。

幹次郎とその人物との間は十間（約十八メートル）余はあった。

背へ左手が回された。

その瞬間、

「待て」

との声が幹次郎の背後からかかった。

幹次郎は、酔っぱらいのふりをした緩慢な動きで後ろを振り返った。

常夜灯のかすかな灯りに三人の黒羽織が見えた。

（前後を挟まれたか）

と一瞬思った。

だが、南楼門の前に立つ危険な白い影と背後に立つ三人の黒羽織は醸し出す雰

囲気が異なった。

「神守幹次郎、京に来てまで用心棒稼業か」

との声は、豊後岡藩中川家の御使番与謝野正右衛門であった。残りふたりも

当然岡藩の家臣だろう。

幹次郎は背後の尾行者と南楼門前の人影は、全く関わりがないと思った。幹次

郎はひとりの刺客と三人の岡藩の家臣らの両方を見る位置に身を置いた。そのと

き、もはや酔っ払いのふりをやめた。

南楼門からかすかな舌打ちがした。

「与謝野様、なんぞそれがしに御用ですか」

「神守、わが藩の京屋敷を設けるのに力を貸せ」

と与謝野がいきなり命じた。

「夜分の祇園社の傍らで掛け合いですか。それがしには、今ひとり用事のお方が

あちらにおられます」

「あの者、何奴か」

与謝野らは初めて南楼門の暗がりに潜む影に気づいて質した。

「さあて」

と幹次郎が向き直ったとき、南楼門前にひっそりと佇んでいた刺客の影は消えていた。

「おお、掻き消えおった」

「それがしの命を狙うお方にございましょう」

「そのほう、常にさような輩に狙われておるのか」

「それがしが望んだわけではございませぬ」

「岡藩に手を貸せばさような輩はいなくなろう」

「与謝野様、それがし、岡藩に関わりがあったのは十数年前のこと、もはや旧藩に新たな関わりを持つなど御免です。それは御目付の清水谷正依どのも望まれますまい」

「その清水谷だ。もはや使いものにはなるまい。そなたのせいでな。清水谷の代わりに御用を務めよと申しておるのだ」

「与謝野様、抜け荷のみならず領内の娘らを京に連れてきて身売りさせるような所業の手伝いは御免被ります」

「なに、こちらの仕事を承知か」

与謝野の言葉には驚きがあった。

「それがし、京都所司代太田備中守資愛様とはいささか縁がございましてな、こ
れ以上それがしにつきまとわれるならば、京での岡藩の商いの内容を訴えること
もできまする」

「そのほうが所司代太田様と知り合いじゃと、虚言を申すな」

「試されますかな、与謝野様が腹を召されるだけでは済みますまいぞ。藩の存亡
に関わります」

と言い放った。

「御免」

と言い残した幹次郎は、刺客が掻き消えた南楼門へと足を向けた。

　　　　二

四郎兵衛は吉報が届くのをひたすら何日も何日も待っていた。

ひとつは娘の玉藻のお産だ。だが、直ぐに生まれる気配はなかった。毎日のよ
うに五十間道の裏長屋に住む産婆のおくまが引手茶屋の山口巴屋に顔を出して玉
藻の様子を診たが、

「頭取、まだやな」

と言い残して戻る日が繰り返されていた。こちらは待つしか四郎兵衛にやるこ
とはない。

もうひとつは荒海屋金左衛門となんらかの関わりを持つはずの色事師小太郎が、
浅草上平右衛門町の年増女お恭の家か、中之郷横川町の口入屋に姿を見せないか、
身代わりの左吉の仲間が見張っていた。だが、どちらにも小太郎が姿を見せる気
配はなかった。

もうひとつ、俵屋萬右衛門の品川宿外れの居木橋村の借家の様子を南町奉行所
定町廻り同心桑平市松の知り合いの御用聞きに時折り、見に行かせていた。だが、
萬右衛門、お市の老夫婦に倅の太郎兵衛の三人はひっそりと過ごしているだけだ
という。倅の嫁のおなかは壱太郎、参之助に末娘のしのを連れて、おなかの実家
に戻ったらしい。長女のお華と次男の万次郎がどこにいるのか、未だ行方が知れ
なかった。

この日の昼前、四郎兵衛は、女裏同心の澄乃を伴い、船宿牡丹屋の老練な船頭
政吉の操る猪牙舟で中之郷横川町の口入屋一朱屋をまず訪ねた。

五十男の口入屋の今蔵は、一畳の広さの土間に突き出した三畳間に小机を置い
て、所在なげに春から夏へと移ろう表を眺めていた。口入屋の前にはどぶ川が流
れていたが、このところ雨が降らないせいで、汚水から腐ったような雑多な臭い
が漂ってきた。

「御免なさいよ」

口入屋の今蔵が顔を上げ、驚きの顔つきに変えて四郎兵衛を眺め、

「吉原会所の頭取おん自らお出ましとはね」

と言った。

「お邪魔しますよ」

「うちは船人足を口利きする程度の口入屋ですよ。七代目が足を運ばれるほどの
女衆の口利きはないがね」

平静な顔に戻した今蔵が四郎兵衛から目を逸らした。

「何日か前、うちの者が色事師の小太郎なる者について問い合わせに来ましたな、
あの一件ですよ」

「小太郎の一件ですか。こんところ、野郎姿を見せませんな」

「今蔵さん、小太郎とは昔からの付き合いですかな」

「いえ、古い付き合いではございませんでな、二、三年ほど前か、あやつがふらりと面を出して、わっしの知り合いの名を出してな、なんぞ面白い話はないかと問い質したのが始まりですよ。自分はその知り合いの息子だというんですがね。信用はならない、わっしの知っている親父と小太郎の顔つきはえらく違います。とはいえ、うちはなんでも屋ですよ。正直、あいつの親父なんてどうでもよくってね。銭になる話ならなんでも受けますのさ」

と言い訳めいた長口上を述べ立てた。

「小太郎が銭になる話を持ってくれればそれでよしというわけですな」

「本所の貧乏御家人、裏店の住人らがうちの相手ですからね、能書きは要りませんや」

「で、小太郎は銭になる話をこちらに持ち込みましたかな」

「半年ばかり前に久しぶりに姿を見せた折りに、女からの文を預かってくれたら、一通につき五十文出すってんで、文を預かるようにしただけでございましてね、あいつ、懐具合がいいんですかね、きちんと一通につき、五十文を払っていきましたぜ。もっとも過日の使いは一通に百文も払っていきましたがね」

と小太郎との関わりを告げた。

「小太郎の塒を承知ではございませんかね」

「女のところを渡り歩いているんじゃございませんかね。それにしても吉原の遊
女とは珍しいね。小見世（総半籬）の年増女郎を騙して小銭でも儲けたかね」

「そんなところでしょうかな」

と四郎兵衛が応じて、

「今蔵さん、小太郎に関して面白い話があれば買わせてもらいますよ。これは手
付けだ」

と一分を古びた小机の上に置いた。

今蔵は一分金に目を落としながら、

「頭取が仰るのは吉原の女郎からの文ですな」

「むろん廓に関わる文ですよ」

しばらく考えた今蔵が四郎兵衛の反応を窺うように見て言い出した。

「女郎の文とは別に吉原から幾たびか、文が参りましたな」

「宛名は小太郎ですな」

「いえ、小太郎には関わりございません。何の仕事をしているのか、番頭風の三
右衛門って男が廓の引手茶屋からの文を五十文出して持っていきますな」

「今蔵さん、引手茶屋の名は分かりますかな」

「幾たび目のときかな、文使いが気の利かないやつでさ、えらそうな物言いをするから、文は預からないと拒んだら、不意に仲之町の老舗の名を出しましたな。聞き流してしまって、妓楼だか引手茶屋だかの名は覚えていませんがな」

と今蔵が曖昧な顔で応じた。四郎兵衛は、

「この次、その文が来たら吉原会所に教えてくれませんか。一両で買い取りましょう」

「へえ、合点しましたぜ、七代目」

と今蔵が受けた。

口入屋に澄乃を伴っていたが、澄乃は一切口を利くことはなかった。

猪牙舟に戻った四郎兵衛と澄乃を迎えた政吉が、

「七代目、次はどこですね」

と質した。

「大川を横切って神田川の入口、上平右衛門町につけてくれませんか」

「承知しましたよ」

と応じた政吉が、

「女裏同心さん、すっかり廓に馴染みましたな」

と四郎兵衛に話しかけた。

「ああ、いかにも、大助かりしていますよ」

四郎兵衛と政吉の問答を聞きながら、澄乃はふたりの胸中を神守幹次郎の不在が大きく占めていることを感じ取っていた。

「澄乃、口入屋の今蔵の話を聞いてどう思いましたな」

四郎兵衛が話柄を変えた。

「吉原を赤い雨のようなものが覆っているように感じました」

「赤い雨」

と四郎兵衛が独白し、

「赤い雨などこの歳まで生きてきたが見たことがないな、澄乃さんよ」

と思わず政吉が口を挟んだ。

「母が存命のころ、幼い私とだれぞの墓参りに行きました。お墓の周りに真っ赤な彼岸花(ひがんばな)が咲いて、まるで赤い雨が溜まったようで、風に雨が揺れているように思えました。幼い私はなぜか彼岸花を見て赤い雨と感じたのです。母が身罷ったのはそのあとのことです」

と思わず澄乃がふたりに言い訳した。

「政吉船頭が言うように赤い雨などこの世にはない。だがな、これまで吉原にな
かったような異変が襲いかかっているのはたしかだ。そいつを澄乃は赤い雨と思
った。俵屋だけでは吉原の赤い雨は終わらぬか、澄乃」

「四郎兵衛様、今蔵さんの話はそれだけ単独とは思いません。話を聞いているう
ちに赤い雨は始まったばかりかと思いました」

「私もな、この俵屋の一件で事が収まるとは思えないのだ。色事師の小太郎など
はただの使い走りです。こいつを捕まえても騒ぎの解決の目処が立つとも思えま
せんがな、ただ今は一つひとつを丹念に追っていくしか手はありませんでな」

はい、と返事をした澄乃が、

「浅草上平右衛門町にはどなたを訪ねていかれますので」

「身代わりの左吉さんがな、小太郎を調べてくれました。あやつの古い馴染の、
年増女のお恭が住んでおりますそうな。小太郎が隠れ家として必ず使うはずだと
聞きましたでな、会うてみようと考えたのです」

四郎兵衛は、左吉から聞かされた話を澄乃に告げた。

「役者上がりの小太郎に会ったことはありませんが、女はなぜかような男に騙さ

れるのでございましょうか。俵屋のお涼さんは初心な遊女ゆえ騙されましたが、年増女のお恭さんはどうでしょう。小太郎のことを厄介な遊び人とすでに見抜いているのではありませんか」

「あり得るな。となると浅草上平右衛門町を訪ねても無駄足か」

「いえ、それはなんとも」

しばし沈思した四郎兵衛が、

「澄乃、なんぞ考えがあるか」

「気にかかることがございます」

「なんだな」

「俵屋さん一家は品川宿外れに存命と聞きましたが、未だ正体の知れぬ一味がこのまま黙って見逃しているものでしょうか」

「うむ」

桑平市松の息がかかった御用聞きが時折り見張っているという。今のところ一味が手出しをするまいと考えていたが甘かったか。

「四郎兵衛様、未だ俵屋の一家に災いが降りかかっているとしたら、俵屋は一味になんらかの方法で居場所を知らせたとは考えられませぬか。小太郎が口入屋を

文の仲介場所にしていたように、品川宿の口入屋などを通じて一味に知らせたということはありませぬか」

「俵屋萬右衛門は相手方の墟を承知していたと言いなさるか。その上で吉原を逃げ出し、隠れ家を定めたあと、相手に人質になっている孫の無事を問い合わせたというのか」

「四郎兵衛様、俵屋にとって大金より妓楼の沽券より大事だったのは身内の命でございましょう。その身内、おそらく孫と思われるふたりが未だ一味の手にあるとしたら、萬右衛門様はどう動かれましょうか」

四郎兵衛が居木橋村の借家で会った折りの萬右衛門は、一味から身ぐるみはぎ取られ、さらに孫ふたりを拉致されていると推定された。動くに動けないはずだった。

四郎兵衛は、あの折り五十両の金子を元吉原以来の尾張知多者にそっと置いてきた。あの五十両を使って萬右衛門が動くことは十分考えられた。

「政吉父つぁん、行く先を変えた。品川宿の目黒川を遡って居木橋村に猪牙舟で行けるかえ」

「大川河口から江戸の内海に出て目黒川な、なんとか行けねえことはあるまい」

と応じた政吉の櫓の操り方が変わった。

八つ半前、目黒川を遡った政吉船頭の猪牙舟は、居木橋村の東端の見知った土手に着けていた。桑平市松同心とふたりで訪れて以来、十日後のことだ。

四郎兵衛は澄乃を伴い、竹林に囲まれた借家に向かった。竹林の坂道を上がる途中で、澄乃は妙に緊迫した気配を感じた。

「四郎兵衛様、なんぞ異変を感じませぬか」

「人の気配がするな。萬右衛門一家の醸し出す様子とは違うな」

澄乃は四郎兵衛を背後に回し、腰に巻いた麻縄をいつでも引き抜ける構えで上がった。

「だれでえ」

と明らかに御用聞きと思える形の男が澄乃と四郎兵衛を睨んで、小者たちも十手を構えた。

「親分さん、お待ちください。私は吉原会所の四郎兵衛と申します」

と澄乃の前に出た四郎兵衛が言葉を発した。

「おお、吉原会所の頭取かえ」

「そなた様は南町奉行所定町廻り同心桑平市松様の知り合いですな。過日、私が桑平同心様とこの家を訪ねたことは承知ですね」

「おうさ、おりゃ、品川の御用聞き、東海寺門前で花屋をひらく梅五郎だ。先日な、桑平の旦那にこの家をときに見張っていてくれと命じられましてな」

「梅五郎親分、そのことは桑平様からお聞きしましたで承知です。なにがありましたので。お教えくださいませんか」

「一刻半（三時間）ほど前のことよ、子分が見廻りに来てみると、人影が見えないってんで家じゅうを捜したら、外蔵の中でよ、首吊りをした萬右衛門ら三人が見つかったんだ。で、ともかく桑平の旦那にと思い、使いを出したところなんだよ」

「俵屋の萬右衛門さんら身内の三人が首吊りですと」

「おれたちは桑平の旦那が来るのを待っているところよ」

と花屋の梅五郎が言った。

「なんということが」

と四郎兵衛は呟きながら妙な感じを持った。

自裁するのならば、廓から夜逃げ同然に出ていくことなく角町の俵屋でも、金

杉村の御寮でもよかったのではないか。なぜこの品川宿外れの居木橋村の借家の外蔵で首吊りをしなければならなかったのか。なにが萬右衛門らを失意に追い込んだのか。それに嫁のおなかと五人の子は無事なのか。

「亡骸を見せていただくわけには参りませんか」

「頭取、桑平の旦那が医者を連れてくるはずだ。それまで待ってくれませんね」

梅五郎が四郎兵衛に願った。

「御用が先でしたな。いかにもさようでした、待たせていただきましょう」

四郎兵衛と澄乃が半刻ほど待ったとき、桑平市松同心が大番屋出入りの医者を連れて姿を見せた。

「七代目、どうしなさった」

と桑平が四郎兵衛の姿に驚きの表情を見せた。

「いえ、俵屋さんのことが気にかかったものでね、それにもう一度萬右衛門(おおばんや)さんと話したくて寄せてもらいました。すると、梅五郎親分方がこちらにおられましたので」

と四郎兵衛は桑平同心に応じた。

「頭取、まずそれがしとお医師が検分するでな、今しばらく待て」

と願った桑平同心と医師が借家の裏手にある外蔵に向かった。

「澄乃、おまえさんの思いつきの赤い雨というのはこのことですか」

と四郎兵衛が質した。

「四郎兵衛様、ただ思いついた遠い記憶です。俵屋さんが自裁なさることを推量して申したわけではございません」

澄乃はふと口をついて出た言葉を悔いていた。まさかこのような死を招こうとは夢想もしなかった。

桑平同心と医師が姿を見せて、桑平が花屋の梅五郎になにごとか命じた。梅五郎らの顔に驚きが走り、急いで母屋を抜けて外蔵に向かった。

「七代目。萬右衛門、お市、倅の太郎兵衛に間違いない」

桑平同心の言葉にしばらく四郎兵衛は言葉を発せられなかった。

（どういうことなのか）

この段階で俵屋萬右衛門一家三人はなにに失望したのか。

「過日、七代目とそれがしがこちらを訪ねたな。そいつを見張っていた連中がいたか」

「なぜそう思われますな」

「俵屋萬右衛門とお市が吉原の大門を抜けたのに、俵屋の遊女、奉公人のだれひとり気づいておらぬ。吉原会所も見逃している。萬右衛門は、妓楼と金杉村の御寮の沽券を奪い取られ、すでに一文無しだったと推定される。苦しい思いをして品川宿外れのここに逃げのびてきたのは、勾引されている孫ふたりを取り返すためだ。だが、我らがこちらに訪ねたとき、萬右衛門は未だ孫を取り返していなかった。なぜ一味は孫を手許に置いておき、萬右衛門方を生かしていたのか、理由がなければならない」

「いかにもさようです。あの折り、私は桑平様にも気づかれないように五十両の金子を残してきました。萬右衛門さんは、あの金子を使い、一味に連絡をつけて、孫の解き放ちを強く願ったのではございませんかな」

「可愛い孫だ、なんとしても取り戻したかっただろうな。四郎兵衛、一味が萬右衛門をこれまで生かしておいた曰くはなんだ。もはや沽券は先方の手にある」

「そこです。沽券が俵屋の新たな主にあったとしても、本来旧主の萬右衛門さんが吉原会所に譲渡を告げる要がございました。相手としてはそこまでは萬右衛門さんを生かしておきたかった」

「では、この時期になぜ萬右衛門一家三人は自裁をしたのかな」

四郎兵衛はしばし沈思した末に、

「一味に萬右衛門さんは吉原会所への譲渡状を書くように強制された。沽券と萬右衛門さん自筆の譲渡書きが揃えば、吉原会所は俵屋の譲渡を認めざるを得なかったでしょう」

と応じた。

その言葉を聞いた桑平同心が懐から吉原会所七代目頭取四郎兵衛に宛てた、

「妓楼角町俵屋譲渡状」

と認められた書付を出して見せた。

「なんということが」

そのとき、戸板に載せられた三人の亡骸が外蔵から花屋の梅五郎の手下たちの手によって運び出されてきて、四郎兵衛と澄乃は合掌した。

「七代目、萬右衛門様方三人は自裁ではありません、首吊りに見せかけた殺しです。お医師どのも認めておられる」

四郎兵衛は桑平同心の顔を凝視し、ふたたび、

「なんということが」

と呟きを漏らした。

　　三

　吉原の日々は淡々と過ぎていった。

　旧主萬右衛門は自裁に見せかけられた死体の懐に自筆の譲渡状を残していた。

　一方、俵屋の沽券をすでに手にしているはずの荒海屋金左衛門からは、吉原会所になんの連絡も入らなかった。

　季節は夏に移っていた。

　浅草田圃では田植えが始まり、苗の上を清々しい初夏の風が吹き抜けていた。

　品川宿外れの居木橋村の借家で首を吊った、いや、吊らされた萬右衛門、お市夫婦に倅の太郎兵衛の死は、公にされていなかった。

　四郎兵衛は三浦屋四郎左衛門には真実を告げた。四郎兵衛が三浦屋に出向き、帳場でふたりだけで対面してのことだ。

　話を聞いた四郎左衛門は長い沈黙のあと、

「七代目、吉原になにが降りかかっていますのか」

と問うた。

「それが不明でございましてな、はっきりとしたことは元吉原以来の尾張知多者がまたひとり減ったということだけでございますよ」

「太郎兵衛さんの女房おなかと三人の子は実家に戻っているると萬右衛門さんは言ったそうだが、他のふたりはどこにいるのでしょうか。この一件をおなかさんの実家に知らされましたかな」

四郎兵衛は首を横に振った。

「三浦屋さん、太郎兵衛さんの女房は俵屋に禿として入り、数年後、太郎兵衛さんが嫁にして廓から出して、金杉村の俵屋の御寮に住まわせたな。太郎兵衛とおなかの祝言は内々で行われ、私ども吉原の者はひとりとして招かれておりません。おなかさんの実家がどこか、吉原会所も摑んでおりません。幾たびか顔を合わせましたが、寂しい顔立ちの美形だと覚えております。連絡を取ろうにもどうしようにも手の打ちようがございませんでな。倅太郎兵衛の女房おなかも三人の子も荒海屋一味の手に堕ちたのではございませんかな」

四郎左衛門がごくりと唾を呑み込み、しばし黙り込んだ。

「なんということが俵屋さんに降りかかりましたか」

「三浦屋さん、俵屋だけではございますまい。中之郷横川町の口入屋一朱屋の今蔵が言うには、廓内の妓楼だか引手茶屋だかの一軒が、だれとも知れぬ者と文のやり取りをしているとのことです。むろん、文使いなどは雇われた者です。佐渡の山師荒海屋金左衛門は、私どもが想像もつかぬ大きな仕掛けで官許の吉原を乗っ取ろうとしていると思われます」

「なんぞ打つ手がございますかな」

「三浦屋さん、まずその前に五丁町の町名主にこの一連のことを知らせるべきでしょうかな」

ふうっ、と大きな息を吐いた四郎兵衛が、

「七代目は知らせるのはまだ早いと言われますか」

「情けないことにこの私、町名主も信頼できませんでな、俵屋一家三人の死は町奉行所も公にせずに探索すると伝えられております。廓の中で萬右衛門さんとふたりの身内の死を承知なのは三浦屋さん、そなたと、居木橋村に同行した女裏同心の澄乃だけです。澄乃には居木橋村の一件、しばらく知らぬふりをせよと命じてございます。町奉行所と同じく私どもも町名主にも内緒にして探索をしていこうと思いますがどう思われますかな」

三浦屋四郎左衛門は仏壇の代々の三浦屋の主の位牌に視線を彷徨わせて、

「七代目、真実を知らされぬ会所の面々で、この騒ぎの解決の目処が立ちますかな」

「番方には知らせるつもりです」

「それはよい」

と四郎左衛門が言った。

「相手方はこちらが焦れるのを待っておると思います。ただ今、私どもが騒ぎ立てると廓内はがたがたになる。平静な態度で探索を続けるしかないと思います」

「でしょうな」

と応じた四郎左衛門が、

「七代目、一年はなんとしても頑張り通さねば、この吉原は正体の知れぬだれぞに乗っ取られることになりますぞ」

「いかにもさよう」

「七代目、まずは相手の正体を知ることだ。でき得るかぎりの手を尽くして荒海屋に迫ってみてください。お互い力を尽くした大勝負になります」

と三浦屋の四郎左衛門が言い切った。

　その日の昼見世が終わるころ、澄乃は番方の仙右衛門に誘われて廓内の見廻りに出た。神守幹次郎がいた時分、仙右衛門は遠慮したのか澄乃を誘って見廻りに出た覚えがなかった。あったとしてもその見廻りにはだれかが加わっていた。

　江戸町二丁目の木戸を潜り、蜘蛛道のひとつに入ったとき、先を進む仙右衛門が、

「澄乃、ついさっき七代目から俵屋一家の不幸を聞いた」

と振り返りもせず小声で言った。

「はい」

と話が聞こえた証しに澄乃は返事をした。

「この話、当分、七代目、三浦屋の旦那、おれとおまえの四人だけの内緒ごとになる」

「はい」

　蜘蛛道を進みながら住人に挨拶し、短い世間話をする間に切れ切れに交わした問答であった。

　ふたりは江戸町二丁目と揚屋町の妓楼に囲まれて、ひっそりとある天女池の

縁に出た。

桜季ことおみよと爺様が在所から携えてきた石の小さな野地蔵、お六地蔵には季節の花が捧げられていた。

「澄乃、おりゃ、この廓の中で生まれ育ったんだ。そして、今も廓に関わって飯を食わしてもらっている。そのおれもこんどのように面倒な騒ぎは初めて経験する。この場にどなたかがいたらと思わないわけではないが、詮無い話をする余裕はねえ。おれたちだけで野郎どもの企てを阻むしか手はねえ」

仙右衛門の険しい言葉に澄乃は黙って頷いた。

「澄乃、この騒ぎは吉原会所が、いや、吉原そのものが生き残るか、潰れるかの話だ。そう思わないか」

「番方、私もそう思います。なにより腹立たしいのは相手方のことを私どもはなにも知らないことです」

「そういうことだ」

と言った仙右衛門が、

「澄乃はこの数日、俵屋萬右衛門さん方が首吊りに見せかけて殺された出来事についてあれこれと考えてきたはずだ。なんぞ知恵はないか」

仙右衛門の言葉に澄乃は口を開こうかどうしようか迷った。

「番方だ、新入りだという違いはこの際なしだ」

と仙右衛門は釘を刺した。

「ならば申し上げます。俵屋さんの番頭の角蔵さん、そして、こたびの萬右衛門さん、お市さん、倅の太郎兵衛さんが正体の知れぬ連中に殺されたのは、廓の外です」

「言わずもがなの話だな」

「吉原会所は廓の中の出来事の騒ぎを鎮める、防ぐことしか町奉行所から許されておりません」

「なにが言いたい、澄乃」

「神守幹次郎様が大仕事をされたのは廓の内外を自在に行き来されたからでございましょう。札差伊勢亀の先代、南町奉行所の定町廻り同心桑平市松様、身代わりの左吉さんと、神守様には廓の外で動いてくれる方々がおられました」

「神守様ならではの人脈の広さだな」

「いかにもさようです。番方、こたびのことも廓内だけで探索しても相手方に辿りつけませぬ」

「澄乃、荒海屋なんとかが吉原に目をつけたのなら、いよいよのときは大門を潜ってこよう。そのとき勝負すれば、こちらは地の利があるぜ」

「と、申されますがその折りには内堀も外堀も埋め立てたのちに悠々と攻めてきましょう」

澄乃の反論に仙右衛門が黙り込んだ。

「相手方ではっきりとしているのは色事師の小太郎です」

「七代目に訊くと、身代わりの左吉さんが追っているそうじゃねえか」

「番方、私が身代わりの左吉さんを手伝ってはなりませんか。ひとりよりふたりのほうが小太郎の行方を追う手間が省けませんか」

「ただでさえ吉原会所の手駒が少ないのだ。おめえに抜けられると廓の中が手薄になるな」

仙右衛門が困惑の顔をした。

「番方、この一連の騒ぎのきっかけは火の番小屋の新之助さんでしたよ。新之助さんの手と知恵を借りない法はありませんよ」

「新之助な、やつにどこまで話すよ」

「事細かに話さずとも新之助さんは分かってくれます。番方の用事を聞くように

私のほうから説明してもようございます。なにより荒海屋金左衛門が最初に話し
かけたのが新之助さんです」

と澄乃が念押しした。

「だったな。よかろう、おめえが廓の外で動けるように四郎兵衛様にはおれから
許しを乞うておく」

「はい」

と応じた澄乃に、

「この一連の騒ぎ、今日明日で目処がつく話じゃねえ」

「番方、いかにもさようです。ですが、同時に先方は、神守様が不在の間にケリ
をつけたいと考えていましょう」

澄乃は相手方が幹次郎の不在を狙って仕掛けてきたと考えていた。

「となれば一年以内、いや、もはや十月ほどしか残されてねえ」

と思わず仙右衛門が澄乃に漏らした。

（そうか、吉原会所は一年に限って神守幹次郎を「放逐」したのか）

と澄乃は考えた。

天女池で仙右衛門と別れた澄乃は、水道尻の番小屋に気配もなく入り込んだ。

すると新之助が吹き矢の稽古をしていた。

「戦に使えそう」

「澄乃さんの麻縄ほどの力はねえな」

と認めた新之助が壁に掛けられた莫蓙製の的に向かって吹くと、凄い勢いで矢が飛び出して的の真ん中に突き刺さった。毎日、吹き矢に工夫を加え、稽古に熱中していることを示していた。

「奥山にいるときよ、野草に詳しい芸人に習ったんだ、矢の先に紫色の愛らしい花のトリカブトから抽出(ちゅうしゅつ)した毒を塗ると、死なないまでも痺(しび)れて動けなくなるらしいぜ」

どうやら新之助は毒草を吹き矢に使うことも考えているらしい。

「なかなかの飛び道具に仕上がったわよ」

と澄乃が感心すると、

「なにがあったな、ここんとこ、会所の様子が険しいやな」

と新之助が澄乃に質した。

しばし沈思した澄乃が、

「番方から新之助さんに話があると思うけど手伝ってあげて」

「なにを手伝えってんだ。話が分からなけりゃ返事のしようがないぜ」

と応じた。

「新之助さん、四郎兵衛様と番方の許しを受けてない話よ。しばらく新之助さんの胸に留めると約束できる」

「妙に持って回るな。番小屋は吉原会所の支配下にあるんだぜ、ということはおれはすでに会所の一員だよな。死ぬも生きるもいっしょと思わねえか」

「死ぬの生きるのって言葉の綾ではないのよ」

澄乃が険しい顔で言った。

「分かっているって、話せよ。聞いて断わるなんてことはしねえよ」

新之助の言葉に首肯した澄乃は、居木橋村の借家で起こったことを告げた。話を聞いた新之助が茫然としてしばらく黙り込んでいた。

「魂消たなんてもんじゃない。おい、澄乃さんよ、おれに話しかけた荒海屋金左衛門の一味が俵屋の旦那と女将さん、倅の太郎兵衛さんを首吊りに見せかけて殺したというのか」

「未だ会所では俵屋の危難が荒海屋の仕事という確たる証しは持ってないの。と

もかくだれの仕業であれ、元吉原以来の老舗の俵屋の財産をとことん食い尽くしたのよ。その上、未だ萬右衛門さんの孫たちふたりが一味の手の内にあると思われるの」

「おい、萬右衛門さん方はやつらにとって使い道がなくなったから、殺されたんだよな。孫ふたりもすでに始末されているってことはないか」

「ないとは言えないわね。だけど、俵屋の財産を搾り取ることだけが一味の狙いじゃないとしたらどうなるの。吉原全体を手中に収めようと考えているのならば、まだ俵屋のお孫さんたちの使い道はあると言えないかしら」

澄乃の言葉に直ぐに反応した。

「吉原会所を脅す得物として俵屋の孫ふたりを使うということか」

新之助の言葉に澄乃が、

「ということも考えられる」

と応じて推量を言い添えた。

しばし両人の間に無言の時が流れた。

「こいつは一朝一夕では目処が立たないな、官許の吉原が潰されるかもしれないってことだ」

「最初にそれはお互い得心したでしょ」

「ああ、そうだったな。　長丁場の戦いになるか」

と新之助が呟き、

「吉原に赤い雨が降っているのよ」

「なんだ、その赤い雨って」

「昔、母と見た彼岸花の群落よ、風が吹いて横殴りの雨のように彼岸花が幼い私に襲いかかった。そのあと、しばらくして母が亡くなった」

「赤いってのは俵屋の三人が流した血のことか」

「何かを指しているわけじゃないの。なんとなく真っ赤な雨がこの吉原に降りかかっているということよ」

「赤い雨は時節を待てばやむのか、澄乃さんよ」

新之助の問いに澄乃が長いこと考え込んだ。そして、ゆっくりと首を横に振った。

四郎兵衛は沈思していた。この吉原を支えてきた神守幹次郎の姿はなく、五丁町の町名主で信頼のおけるのは三浦屋の四郎左衛門ただひとりだ。

（どうしたものか）

と胸の底に溜まった不安の滓をあれこれと考えながら搔き回した。

（尾張知多者の集いをなしてみるか）

ただ今この吉原に残っている尾張知多者は、七、八人か、思いつくかぎり顔を思い浮かべてみた。尾張知多者の集いは親父の代にも自分の代にも開かれてはいない。祖父の五代目が存命の折り、開かれたと親父から聞いたことがあった。

（この集いはただ今の廓内では催すことはできまい、となるとどうしたものか）

と思い悩んでいると、

「四郎兵衛様」

と汀女の声がした。

「どうしなさった、汀女先生」

七軒茶屋の一、山口巴屋と会所を結ぶ隠し戸から姿を見せたと思しき汀女に質した。

「どうやら玉藻さんが産気づかれたようです」

廊下から座敷に上がり、座した汀女が落ち着いた声音で言った。

「こんどはたしかですかな」

「私の勝手で産婆を呼ばせました」
「おお、それは助かりました。このことばかりは父親も亭主も、ものの役には立
ちませんでな」
と四郎兵衛が汀女に言った。すると、汀女が襟元から書状を出して四郎兵衛に
差し出した。
「おお、京からですか」
「はい」
ぶ厚い書状を受け取った四郎兵衛が、
「汀女先生への文にはなんと認められておりましたな」
「麻は祇園の一力茶屋の女将さん付きで見習奉公を始めたそうな」
「そのことは先の文にございましたな」
四郎兵衛に頷いた汀女が、
「どうやら見習奉公に慣れたようで、一日一日が目新しいことばかりで楽しいと
ありました」
「それはよかった。で、神守様からはなんと」
「四郎兵衛様の文に詳しく認めたゆえ、四郎兵衛様から聞くようにとの文にござ

いました」

汀女の言葉を聞いた四郎兵衛が巻紙の書状を披いて読み始めた。長い時をかけて二度三度と繰り返し読み、

ふうっ

と溜息を吐いた。

「なにがございました」

と四郎兵衛の険しい表情を見て思わず問うと、

「祇園も吉原と同じく赤い雨が降っておるようです」

「赤い雨ですと」

「おお、澄乃が吉原に降りかかったこたびの騒ぎを、赤い雨が覆っているようだと表現しましてな、澄乃から私も赤い雨なる言葉を頭に刻み込まれました」

と四郎兵衛が汀女に巻紙を差し出し、

「神守様が吉原にあろうと祇園にあろうと、修業はつねに戦場の真剣勝負にて行われます。澄乃の言う赤い雨が祇園にも降りかかっておるようです」

四郎兵衛の言葉の意を解することができず、書状に視線を落とそうとしたとき、

「汀女先生、産婆さんが来ました」

と料理茶屋の女衆が知らせてきた。

汀女は書状をいったん四郎兵衛に返して立ち上がると、

「こちらは汀女先生が頼りだ」

との四郎兵衛の言葉を背に隠し戸に向かった。

四

京の都では穏やかな緊張というべき日々が続いていた。

この朝、幹次郎は久しぶりに麻を誘い、清水寺に上がり、羽毛田亮禅老師に導かれて経を唱えた。むろん天明の大火事に見舞われた京の復興と、犠牲になった多くの人々の霊を慰めるためだ。そのあと、ふたりは音羽の滝に下りて産寧坂のお婆と孫娘のおやすの水汲みを手伝い、茶店へといっしょに戻った。

麻は幾たびか幹次郎に誘われて朝の習わしに参加し、老師とも、そして、茶店のお婆やおやすとも親しくなっていた。

音羽の滝での水汲みのあと、茶店を訪ねて茶を喫することが麻の楽しみになっていた。

祇園で髪結を長年続けていたというお婆は、麻に祇園の花街の古い習わしや仕来たりを話してくれ、麻はその話を喜んで聞いた。

「麻はん、一力はんの暮らしには慣れはりましたか」

「お婆様、初めて聞く習わしをあれこれと女将様から教えられます。なによりお座敷に遊びに来はるお客はんのお話の相手は未だ務まりまへん」

「麻はんかて無理やろな、未だ幾日も経ってへん。一力はんの客は、京でも通人ばかりや」

とお婆が笑みの顔で応じ、

「聞きましたえ、囃子方の姉さんが夏風邪を引いて寝込まれたとき、麻はんが囃子方に加わって琴を弾かれたそうどすな。えらい評判やて」

「えっ、麻、さようなことをなしたか」

幹次郎が知らぬことをお婆が承知していた。

「突然のことにお客はんが機嫌を悪うされたんどす。その折り、座興に、女将はんのお琴を借りて、昔の習いごとを思い出しながら弾いたんどす。京風の琴とは違うて、麻のとっとっとした弾き方をお客はんがなんでやろ、喜びはって、機嫌を直してくれはりましたんや」

「そなたの弾く琴か、懐かしいな。もう一度聞いてみたいものよ」

「素人の遊び、座興です。義兄上にお聞かせする芸とはちゃいます」

「いえな、噂にお婆の耳にも入りましたがな、昔取った杵柄でっしゃろか。麻はんの半生が琴の調べに乗り移ったようで、嫋々とした琴の音色やったそうな。お婆の言葉に麻も幹次郎も驚いた。

「さようなことがあったとは知らなかった」

幹次郎は驚きの言葉を繰り返した。

「義兄上、聞き流しておくれやす。花街の囃子方はんに失礼な素人芸どす」

「お客はんは喜んではいると聞きましたえ」

とお婆が言った。

「麻はだれに琴を習ったな」

「幼い折り、母の琴を聞いて育ちました。それでなんとのう、うちも悪戯をするようになったんどす。幸せな日々どした。その後、お婆様から古八橋流を厳しく教え込まれました」

と麻が遠くを見る眼差しで呟き、琴はいったん封印したんどす。それがな、伊勢亀の旦那様

「吉原に入ったとき、琴はいったん封印したんどす。それがな、伊勢亀の旦那様

がどこからお聞きになったか知りまへん。座敷で弾かずともよい、自分の楽しみに稽古をしてはどうだと、琴を購ってくれはりました」

「その琴はどこにあるのだ」

「吉原から柘榴の家に持参した数少ない道具のひとつどす。ふだんは納戸に仕舞ってございます」

「知らなかったぞ。わが柘榴の家に琴があるとは、それがし、迂闊にも気づかなかったわ」

「義兄上と姉上の留守の間に琴を出しては、時折り馴染んでいた程度、おふたりには内緒どした。けど姉上はなんとのう承知やったと思います」

「驚いたな、知っておれば家で弾いてもらうのであった。これからも一力の座敷で請われるのではないか」

「いえ、あの宵は囃子方はんの急病やよって格別どした。二度と座敷で悪戯するような真似はしまへん」

と麻が言い切った。

「さあてどうやろか、女将はんも旦那はんも、大事な客人のもてなしに麻はんの琴を所望されるんとちゃいますやろか」

とお婆が言い、

「麻、驚き賃じゃぞ、本日の茶代は麻が支払うのじゃ」

「はい」

と素直に受けるのをおやすが不思議そうな顔で見ていた。

幹次郎と麻が産寧坂の茶店を辞去したのを店の前で見送ったおやすが、

「お婆、あのおふたりはん、義理の間柄やな、仲が宜しいな」

「義理というても、神守はんのご新造はんの妹やおへん」

「えっ、ご新造はんの妹とちゃいますのん」

「三人はだれも血がつながっておへん。江戸の遊廓で頂点を極めた麻はんを、神守はん夫婦が引き取り、義妹として身内にしてはると婆はみました」

しばし沈思していたおやすが、

「うちには分からへん」

「おやす、祇園の花街も江戸の吉原も男はんと女はんの関わりは千差万別や。神守はんとこもそのひとつやろ。そやな、ひとつ家に暮らす三人は互いを信頼してはるんや。婆は神守はんのご新造はん、汀女はんに会うてみたいがな」

「どんなお方やろ」

「三人の間柄の要のお方が汀女はんや」

と祇園の花街で男女の仲をいくつも見てきたお婆が孫娘に言い切った。だが、まだ若いおやすには、三人の男女の機微が分からなかった。

幹次郎は麻を一力茶屋に見送っていったあと、禁裏門外一刀流の観音寺道場の朝稽古に参加した。

今朝は珍しく京都町奉行所目付同心の入江忠助が稽古に来ていた。

「おお、神守さん、それがしのご指導を願おう」

といきなり入江同心が言った。

「当道場で指導に携わるのは観音寺先生と師範方じゃぞ。それがしは客分と称する期限つきの門弟に過ぎぬ」

「とはいえ、それがし、神守さんの腕前を承知ゆえな、半端な腕前では太刀打ちできん。というわけでご指導願おう」

ふたりは稽古着に防具なし、竹刀で構え合った。

入江は正眼の構えから即座に攻めに転じた。

幹次郎との技量の差を知る入江は、初心の心構えで面打ちから攻めかかった。

幹次郎は力の籠もった攻めを丁寧に弾き返し、二撃目の間を空けた。ゆえに即座に入江の竹刀が胴に転じ、小手を打ちと、体を常に動かしつつ、攻めてきた。

役目が役目だ。

幹次郎ほどではないが、実戦経験は豊富な入江忠助だ。幹次郎も手を抜くことなく一撃一撃に丁寧に応じて弾き返した。だが、幹次郎が攻めに転じることはなかった。

四半刻足らずか、攻める入江の息が上がってきた。

幹次郎は肩口に落とされた竹刀に己の竹刀を絡めて、鍔ぜり合いのように睨み合った。

「四条屋の儀助と祇園の大地主の猪俣屋の旦那を暗殺した禁裏流剣術の刺客じゃが、突きの殺法から推察して不善院三十三坊と呼ばれておる痩身の者と分かっておる。じゃが、突きが得意とは申せ、このことだけで禁裏に関わる者を町奉行所がしょっ引くわけにもいかぬ」

と弾む息の入江が言った。

「不善院三十三坊とは本名かな」

竹刀での鍔ぜり合いの恰好で幹次郎が問うた。

「禁裏を警固する者はみな不善院と呼ばれる。姓は別にあるかもしれんが、名が三十三坊であることはたしか。禁裏からの刺客はこの数年、不善院三十三坊、こやつが受け持っていることもたしか」

と入江が幹次郎を押し返しながら応じた。

「それがし、その者に祇園社の南楼門前で待ち伏せを受けたことがある」

「なにっ、すでに不善院三十三坊を承知か」

「名乗ったわけでもなく問答をしたこともない。なにしろもうひと組、別の待ち伏せがいたものでな、それがし、危うく命を長らえたようじゃな。舌打ちが聞こえたかと思うと姿が掻き消えていた」

「無口ながらかすかな舌打ちをすることでも知られておる」

と応じた入江が、

「それにしても神守さん、そなたの暮らしには刺客ふた組が鉢合わせすることもあるのか」

「もうひと組は入江どのも承知の旧藩の者でな、刺客ではない。ともかく旧藩の者たちに感謝せねばなるまいて」

と言った幹次郎は竹刀を引こうとした。すると入江が押し込んできた。

「入江どの、そやつに襲われし折り、それがしが助かる道は逃げるしかないかな」

「逃げてはそなたの御用が務まるまい」

「となると、斬られるか斬るか」

「どちらにしろ、始末はわれら、京都町奉行所がつけることになろう」

「有難きお言葉かな。その者との出会いの場に注文がござるか」

「神社仏閣内および禁裏でなければ、われらの手でなんとかなろう。三十三坊はすでに四条屋の旦那を含めて七人の者を殺めておる」

「禁裏の刺客不善院三十三坊の頭分はだれだな」

「その者の名は言えぬ。禁裏にあって西国の大大名の京屋敷の用人格と親しき者としか、今は言えぬ」

と言った入江が、

「神守さんが不善院三十三坊の襲撃を返り討ちにしたとせよ、その場から早々に立ち去られよ」

「決着がつくということか」

いや、と入江が応じて、幹次郎は竹刀に力を入れて押し戻した。

「そなたの前に次なる刺客が現われような。 あるいは刺客らの頭分が神守幹次郎さんの前に姿を見せような」

と入江が言い、さあっ、と竹刀を引くと、

「ご指導有難うございました」

と幹次郎に礼を述べた。

江戸吉原。

四郎兵衛は爺様になった。 ひとり娘の玉藻と幼馴染の料理人正三郎の夫婦の間に子が生まれたのだ。

難産ではあったが赤子は元気に育っていた。 赤子が誕生して七日目、母子ともに息災であった。

「四郎兵衛様」

との声がして汀女が吉原会所の七代目の座敷に姿を見せた。

すでに夜見世が始まって一刻は過ぎていた。

「玉古ちゃんは日一日と愛らしくなる赤子ですね」

「見てこられたか、汀女先生」

「はい。爺様にも似ておられます」

「とは申せ、女では九代目にはなれませんぞ」

「それはまた先の話にございます」

「いかにもさよう。赤い彼岸花の雨がこの吉原に降りかかっておりますでな、この始末が先です」

「赤い雨とは澄乃さんの幼い折りの記憶だそうですね」

「いかにも澄乃の思い出じゃが、この四郎兵衛に気持ちが移ったようです。赤い雨が、死人の血でなければよいが」

「四郎兵衛様、彼岸花とも呼ばれる曼殊沙華は天上に咲く花にございますそうな」

と汀女が四郎兵衛の不安を振り払うように言い、

「なに、曼殊沙華は天上に咲く花ですか」

と四郎兵衛が問うた。

「この花を見る者の悪業を払うと伝えられ、天人が雨のように降らす花ゆえ曼殊沙華は彼岸花とも呼ばれるのです」

「ほう、吉原に降りかかった赤い曼殊沙華の雨は、悪業の報いの血の花ではござ

「違います。人の業を清める花にございます」

と汀女が首を横に振り、うんうん、と四郎兵衛が己に言い聞かせるように呟いた。

京祇園。

宵の強い雨が降って上がった。

幹次郎は番傘を手にいつもより白川の水面が上がり、勢いよく流れているところを見ていた。

幹次郎は四半刻前より尾行者の存在に気づいていた。尾行者が、不善院三十三坊と呼ばれる禁裏警固院の一員かどうか、分からなかった。所司代の密偵甚左こと渋谷甚左衛門が、刺客を先方から幹次郎のもとへと向かわせると約定したのはだいぶ前のことだ。たしかに一度は祇園社の南楼門前で待ち受けていた。だが、事情も知らぬ旧藩の者らの登場に禁裏流剣術の刺客は姿を消していた。

幹次郎は白川に架かる巽橋の上に佇んでいた。

ふたたび雨の降る気配があるせいか、もはや白川沿いには人影はなかった。

はたして、雨が降り始めた。

だが、幹次郎は番傘を広げなかった。

刺客は不意に姿を見せた。

真っ白な小袖の着流し、腰に細身の剣を帯びていた。

「不善院三十三坊じゃな」

「ちぇっ」

と舌打ちが答えた。

「義によって四条屋儀助どのと猪俣屋候左衛門どの、ふたりの仇を討つ」

幹次郎が宣告した。

「ちぇっちぇ」

と舌打ちが返事だった。

「おぬし、それがしを殺さねば祇園七人衆の旦那方、三番手は討てぬ」

「ちぇっ」

不善院三十三坊が細身の剣を抜いた。直刀かと思える細身の鋩を不善院は橋の欄干に載せ、ぐいっ、と肘で押した。すると物打ち付近から剣が曲がった。その曲がった剣を左手一本に構えて、半身に取った。

不善院三十三坊は左利きかと幹次郎は判断した。

番傘を広げ、左手で幹次郎は己の体を隠すように寝かせた。右手はあけている。津田近江守助直は左腰に差し落とされたままだ。だが、すでに鯉口は切られていた。

「参られよ」

幹次郎の誘いにも不善院は動かない。

「そなた、武術に疎い旦那衆でなければ細身の剣を振るえぬか」

「ちぇっ」

と舌打ちした不善院三十三坊が左手の剣を突き出すように踏み込んできた。

幹次郎の番傘がくるりと回されて不善院の突進してくる前に投げ出された。だが、不善院の動きは変わらなかった。

迅速な突きが幹次郎の胸を捉えようとした。

その瞬間、幹次郎の左手が助直の鍔を押し出し、腹前を躍った右手が助直を抜き打つと橋の袂の常夜灯を受けて一条の光に変じ、襲いくる細身の剣を叩き斬ると同時に不善院の細身の胸部を撫で斬っていた。

一瞬の勝負だった。

ぐらりと揺れて橋上に留まった不善院の体が橋の欄干にぶつかり、白川の流れに落ちていった。

幹次郎は、白い細身が白川から鴨川へと消えていくと、助直を血振りして鞘に納め、四条屋儀助と大地主の猪俣屋候左衛門の霊に合掌して、

（今年の祇園の祭礼は 滞りなく催すことを誓いまする）

と約定した。

夜雨が巽橋の幹次郎の体に降りつけ濡らした。

（戦いは終わりではない、始まりだ）

幹次郎は己に言い聞かせた。

この作品は、二〇二〇年三月、光文社文庫より刊行された『赤い雨　新・吉原裏同心抄（二）』のシリーズ名を変更し、吉原裏同心シリーズの「決定版」として加筆修正したものです。

光文社文庫

長編時代小説

赤　い　雨　吉原裏同心㉝　決定版

著　者　　佐　伯　泰　英

2023年8月20日　初版1刷発行

発行者　　三　宅　貴　久
印　刷　　萩　原　印　刷
製　本　　ナショナル製本

発行所　　株式会社　光　文　社
〒112-8011　東京都文京区音羽1-16-6
電話　(03)5395-8147　編　集　部
　　　　　　　8116　書籍販売部
　　　　　　　8125　業　務　部

組版　萩原印刷

新たな冒険の物語が幕を開ける!

海への憧れ。幼なじみへの思い。
さあ、船を動かせ!

新酒番船

佐伯泰英

新酒番船

光文社文庫

一冊読み切り、若者たちが大活躍!

海次は十八歳。丹波杜氏である父に倣い、灘の酒蔵・樽屋の蔵人見習いとなったが、海次の興味は酒造りより、新酒を江戸に運ぶ新酒番船の勇壮な競争にあった。番船に密かに乗り込む海次だったが、その胸にはもうすぐ兄と結婚してしまう幼なじみ、小雪の面影が過っていた——。海を、未知の世界を見たい。若い海次と、それを見守る小雪、ふたりが歩み出す冒険の物語。

北山杉の里。たくましく生きる少女と、
それを見守る人々の、感動の物語!

出絞と花かんざし

文庫書下ろし、
一冊読み切り

京都北山の北山杉の里・雲ケ畑で、六歳のかえでは母を知らず、父の岩男、犬のヤマと共に暮らしていた。従兄の萬吉に連れられ、京見峠へ遠出したかえでは、ある人物と運命的な出会いを果たす。京に出たい――芽生えたその思いが、かえでの生き方を変えていく。母のこと、将来のことに悩みながら、道を切り拓いていく少女を待つものとは。光あふれる、爽やかな物語。

光文社文庫